U0797744

最美的岁月，遇见最美的你

木火◎著

群言出版社
QUNYAN PRESS
·北京·

图书在版编目（CIP）数据

最美的岁月，遇见最美的你 / 木火著. -- 北京 : 群言出版社，2017.7
ISBN 978-7-5193-0303-7

Ⅰ. ①最… Ⅱ. ①木… Ⅲ. ①散文集－中国－当代 Ⅳ. ①I267

中国版本图书馆CIP数据核字(2017)第177062号

责任编辑：王　聪
封面设计：黄佳影

出版发行：群言出版社
地　　址：北京市东城区东厂胡同北巷1号（100006）
网　　址：www.qypublish.com（官网书城）
电子信箱：qunyancbs@126.com
联系电话：010-65267783　65263836
经　　销：全国新华书店

印　　刷：北京佳信达欣艺术印刷有限公司
版　　次：2017年11月第1版　2017年11月第1次印刷
开　　本：710mm×1000mm　1/16
印　　张：12
字　　数：200千字
书　　号：ISBN 978-7-5193-0303-7
定　　价：42.00元

【版权所有，侵权必究】

如有印装质量问题，请与本社发行部联系调换，电话：010-65263836

目录

诗享人生

寻梦江南

悟道山水

诗享人生

闲看落花，看得见季节忧伤的舞蹈，也看得见尘世里倏忽而过的生命之光；

淡听细雨，听得到心灵孤独的歌唱，也听得到苍茫中意蕴深邃的人生交响。

生活，其实并不吝啬，总有一些风景在等着我们去发现与欣赏。只是这个世界太喧闹了，我们往往与宁静和美丽失之交臂。

人生，需要诗意品味，许多时候，不妨放慢脚步，走得从容些，再从容些。付出总有回报，忙碌甚至会带来惊喜，但如果一颗心沉静不下来，那么再多的掌声也是生活的喧嚣。

面湖静坐

黄昏时的公园，难得的片刻宁静。面湖而坐，也是面向太阳西沉的方向，尽情享受无人打扰的自由。虽然喧嚣的世界并未远去，背后的公路上车水马龙，车声流淌成一条混浊的河，但我可以把它听成布鲁克纳的交响曲中久久不停、神秘安详的弦乐颤音。在这乐声的背景之上，我听见右侧湖边的小树林里传来一阵清脆而幽微的鸟鸣声，仿佛是招呼着同伴归巢休息了；我也听见了身后微风拂起时一片落叶的窸窣声，随后草丛里传出秋虫的呢喃，宛如小提琴纯净的叹息，轻柔地触动了心弦。

就是那湖，也是灵动的。近百亩的湖面，完全可以沉静了一颗心。四周的绿树倒映水中，蜿蜒成错落有致、明暗不定的曲线。倒悬的树梢儿，尤其是宝塔似的水杉尖儿，于微漾的湖面上轻轻地抖动着，荡涤了俗世的气息。有欢跳的鱼儿，在宽阔的湖面上令人惊喜地掠过一束银光，随即一圈圈涟漪从湖心轻轻地涌向湖边，泛起一道道弧形的亮光，微微晕眩之际感觉自己的内心跃动了一缕诗意——或许会得意于这样的发现，庸常的生活里也会觅见安宁的思绪和清新的诗意。

其实，这个公园我不常来，平时忙碌地奔波于城市喧闹的街道上，匆匆地上班下班，偶尔忙于应酬，可我会轻松地撇开一大堆的烦心事找寻自己的快乐，甚至在沉思中敏捷地捕捉了一缕闪光的诗意。就像一个席散微醉的夜晚，穿过这座公园，忍不住在这湖边静坐下来，坐在这块突起的石头上，听着对岸零落的歌声，看着湖中氤氲的灯光，任渐渐沉寂下来的湖水，洗刷掉那份酒气，而将一分醉意酝酿成了诗意。

湖，总会让人想起钓翁的风姿来，甚或沉浸于“青箬笠，绿蓑衣，斜风细雨不须归”的意境。天气暖和的时候，这湖边，或是湖中的曲桥上总会排列了一根根细细的钓竿，夜色里也有一群人在幽暗的灯光下蹲守着。不知道他们到底是在乎鱼儿还是在意风景。而我不喜欢钓鱼，或借钓鱼之名游赏风景。如果喜欢这片湖光水色，何必要一根钓竿相伴而成累赘。何况，上钩的鱼儿激不起我内心半点的喜悦。倒不如静坐湖边，于光影声响的细微变化中静静地冥想，总会有意外的收获。

也会想起年轻时带儿子来划船的事儿。我总会静坐一旁，欣赏湖上风光，让活泼好动的儿子驾驶着电动船，险过窄窄的桥洞，或是擦过对面的船儿，小小地刺激一下，惊起阵阵欢乐的笑声。如今，湖面宽阔了许多，但没有了游船，儿子也已长大，我则早生华发，即使在这湖上划船，也听不到童稚可爱的笑声了。不如静坐湖边，于似水年华里细细地品赏一份美好的情怀，往昔的笑声似乎越来越清晰。

记得几年前，陪一位外地的朋友路过这公园，我热情地介绍这是我们城市最大的绿地——紫薇公园。朋友惊呼：好有诗意的名字！转而又问，是不是从电视剧《还珠格格》里受到了启发？我笑了：这公园早在这部电视剧播映前就取了名。继而又想，我们何时发现了这公园名字中蕴含的一份诗意，就如这片平常的风景中，或于我们庸常的生活里，你曾咀嚼过诗意？

我总相信，诗意——点缀在清宁的自然里，但需要你先把眼睛闭上，触摸葱郁的草木，萌生视觉；我也相信，诗意——流淌在典雅的音乐里，但需要你先把耳朵捂上，感知亲切的音符，萌生听觉；我更相信，诗意——沉淀在深邃的思想里，但需要你先把心儿收起，体悟朴素的道理，萌生灵感。

“你怎么敢坐在这里？”身后传来稚嫩的嗓音。是一位小女孩，径直走向这湖边突起的石头，问我。一旁的爷爷，则提醒着她小心落水。孩子的视角就是和大人不一样，我想这位老人一定在心里问：你为什么独自坐在这里？

因为我爱这湖，也爱这个城市。在庸常的生活里，我独自寻觅着诗意。

梭罗说，湖是大地的眼睛，观看着它的人也可衡量自身天性的深度。在湖边，我听得见心灵孤独的歌唱，可并不寂寞；也看得见城市静穆的舞蹈，却闪耀着绚烂的生命之光。

音乐飘飞的街头

青春单身的时候，喜欢独自逛街。不像女人爱逛商店，我就爱看这喧闹的大街，车如水马如龙，寂寞的人儿晃悠悠。偶尔，街头飘飞过一缕音乐，多是些忧伤的情歌，在心头划过一道轻柔的痕。不过，在我内心刻下印记的不是那些流行歌曲，而是少许精美的古典音乐，纷乱嘈杂的街头，那可算是回眸一笑的惊艳瞬间，也是一闪而过的浪漫诗意。

因了飘飞而来的柴可夫斯基《第一钢琴协奏曲》辉煌的引子，那天在街头生出了一种醍醐灌顶般的感觉。初次听到就是在这小城的大街上——人民路公园路口，已记不清是哪家店铺。二十多年前，正是青春张扬的日子，那时还不知道老柴的音乐，但店里飘来的这一段旋律倏地钻入了我的心灵深处，心情阳光般地明媚起来，仿佛就此打开了人生最美好的门。那晴朗而富有诗意的一天深深地镶嵌在记忆中，没有故事，没有人物，没有情节，只有一缕音乐的芬芳，飘散在这条大街这座城市。过后细品那宽广有力的音乐，则像是登高一呼山回谷应，眼前豁然开朗，生活从此别开生面；或是大江东去浩浩荡荡，卷起千堆雪，生命的洪流奔涌不息；又如时光列车滚滚向前，江山如画，一时多少豪杰，青春行进得如此豪迈庄严！

另一次的感慨是在寂静的夜晚，骑车经过这个城市最老的小区之一——长江新村，浓荫遮蔽的路上，听到了楼上窗户里飘飞而下的清脆钢琴声，竟是贺绿汀的《牧童短笛》。刹那间，恍见顽皮的牧童，清新的田园，旖旎的江南，甚或勾起“牧童归去横牛背，短笛无腔信口吹”的诗情画意。继而想象弹琴的是位优雅的女子，小家碧玉般的可爱，等到琴音袅袅，飘然而去，则又怅然若失，意犹未尽。不知为什么，在这样的寂夜，在平常人家的窗户里，飘出来的琴声特别能打动人，虽然演奏不是一流的，却是因为质朴自然的缘故吧，加上婉转清丽的曲风，能不让人浮想联翩？也让这城市平添了一缕风韵。

在音乐欣赏上，我是属于“崇洋媚外”的那类。民乐中最爱音清意远的古琴与古筝，寂寞时权当一杯清茶，一个人细品淡雅之味。可要在民乐里听到西方浪漫主义器乐曲中所包含的哲学和文学的宏大景象和深层意蕴，那似乎未曾体验过。当然，我们的历史中也没有像尼采这般的哲学家甘愿拜倒在音乐家瓦格纳或是勃拉姆斯身前。或许我们还没有如此高傲的音乐家，或许我们也没有如此狂热的思想家。

在小城里听盒带音乐的时候，常去新华书店，淘一些古典音乐，也聆听了贝多芬、柴可夫斯基、比才、格里格、拉威尔等音乐大师的作品。那时走到书店的门口，或是走在这人民路上，总盼望着能听到一丝渗入心扉的古典音乐。可到了CD时代，新华书店里的古典音乐几乎绝迹了。倒有一次，在当年红火的小商品市场，而且是市场外的摊点上，竟然淘到了布鲁克纳的九张CD——九部交响曲，很严肃的古典音乐，还是约夫姆指挥的权威版本。

时代演绎得越来越快，转眼间买CD成了寻常事，甚至许多人已不听CD了，但小城里的“新干线”却在邮电巷据守了近二十年。店主小陈自称音乐发烧友，主营高档音响，兼营音像制品，包括古典音乐CD。我怀疑那不是正版，却也图便利，常去淘一些好唱片。店里的人总不多，能让人从从容容地挑选，也会听听店主推荐的唱片和音响。十几年了，他做他的生意，我淘我的CD，自然而然地和他成了陌生的老朋友。外面是商业气息浓郁的街巷，店里是古典音乐回响的空间，这可是音乐爱好者留恋感怀的地方，也是多少人错过了的诗意风景。

当然，如今去逛音像店，不仅仅想买CD，更想坐下来聆听古典，或是经过那般的小巷，任古典音乐飘飞在耳际，萦绕在心间。行色匆匆的街头，那是一行飘飞的诗意，优雅了一个人，也优雅了一座城市。

桥上看风景

国庆节，好说歹说终于打动了父母，开车带他们做了一次追江赶海之旅，游了家乡小半圈。其实也没啥景点，多半在路上，可父亲、母亲游得挺过瘾，看够了一路的风景。尤其是飞奔在那座跨越长江天堑的崇启大桥上，他们兴奋地问这问那，惊叹桥之长景之秀发展之快变化之大。

天高云淡，江阔海远，这样的风景怎能不动心？车过崇启大桥时，恰逢一车队缓缓而行，领头的是一辆跑车，坐着恩爱的一对，一袭洁白的婚纱，沐风微笑。并行的一辆汽车上，摄影师将镜头对准了他们。原来这对年轻人要让大江大桥来见证他们的幸福婚姻，将爱存照于这片广阔瑰丽的天地，好富有诗意！

一次，外地的朋友来参观，郑重提出能否带他们去崇启大桥。只可惜与我们预先的安排相冲突，或是我们没料到他们竟想看这座桥，便打了招呼：下次来，上大桥，最好陪你们去上海，过桥饱览长江口秀色。朋友的请求也提醒了我：桥是风景！桥上看风景，定是别有一番意境。而在忙碌的人生中，我们总是把桥当作前进的通道，或许忘了那座桥本就是壮美或是雅致的风景，也忘了在桥上好好地欣赏一下。

作为风景的桥，总会予人丰富的联想，甚或升华为一种诗意。年少无忧时，村里的运河上修桥成了件天大的喜事，着实让孩子们兴奋了好一阵子，几乎天天赶到工地去观摩。桥修成后，夏日里便成了勇敢男孩的跳水平台，我在一旁羡慕地看着，那纵身一跃的身影化作了喷薄而出的万丈豪情。青春怀柔时，从卞之琳的《断章》里更深地读懂了桥的风韵：

你在桥上看风景
看风景的人在楼上看你

明月装饰了你的窗子
你装饰了别人的梦

江南水乡的绮梦，少不了桥的装饰。周庄的闻名源于陈逸飞画的《双桥》，两座古朴神秘的石桥装饰了一片宁静而浪漫的世界。乌镇的早晨，我也细品过双桥。暮春的烟雨中，独自漫步在西栅老街，似到尽头，通济桥与仁济桥直角相接，转角处是一幢白墙黛瓦的两层小楼，阅尽年华的沧桑与风流。双桥上正有两位少女优雅留影，一人站在桥上张望，一人于另一座桥上拍摄，而她们成了我相机里定格的风景。诗意一刻，让人感叹时光的美好，古典与现代以这样灵动的方式融合在了一起。

家乡没有悠久的历史，也没有厚重的人文积淀。面对外地的朋友，我们也常常羞于介绍所谓的风景。直到有一天，当我驾车驶上崇启大桥由北向南跨越长江时，感受到了一片神奇。车子从主桥最高处向下俯冲，跃入眼帘的是无边的绿，那南岸湿地自由生长的绿，远远地逼向你的视线，刹那间仿佛奔驰在了绵延起伏的大草原，心也跟着开阔起来。更有大江滚滚的浊浪，映衬着那片没有一丝杂质也看不出一点娇气的嫩绿，不禁让人讶异于这片湿地倔强而快乐的生命的主宰。这便是风景，雄浑而富诗意的风景，掠眼而过却在人的心底深深地扎下了根。

还有一次，乘坐飞机，从浦东机场升空，往北飞。眼底下一片黄色的江与海，和一片绿色的大地，蜿蜒曲折的岸线清晰地勾勒出壮阔的长江口，两条长长的、细细的大桥轻轻跨越了天堑。虽然看不清崇启大桥的面容，但浊黄长江里的这一根细线，不由得牵出一丝豪情一缕诗意。

江之尾，海之头，浩浩荡荡，莽莽苍苍。一桥飞架，南来北往，恍若穿梭于浩渺的时空：一侧是繁华的都市，一侧是清新的田园，似在转瞬间完成了奇妙的变化；一头是唐古拉山上千年冰川化成的脉脉清水，一头是万古奔流江海相接沉淀下的沙地文明，沧海桑田并非遥远的神话。飞驰于大桥，极目四望，江海茫茫，高楼隐隐。此刻的你或许是一位匆匆的过客，或是一位恋家的归人，再或是一位淡泊的隐士，但只需多看一眼，心头总会泛起一股浪漫的诗情。虽然你看不见唐诗宋词的碎片，也看不见历史风云的幻影，但时光的隧道里听得见吴侬软语，听得见粗犷的渔号，听得见飞扬的鸣笛声，飘逝在江风海韵中，谱成了一首史诗般壮丽的华章。

桥上看风景，倏忽的时光，永恒的诗意。

日出东疆

自我的体验中，许多风景总是要在过后的回味中才会真正感悟它的美丽。仓促的旅途上往往感觉的是喧闹与疲倦，只有等旅程结束了，身与心彻底安静了下来，脑海里翻腾的美景才是这次旅行最大的收获。或许，那还会激发你的诗意，化成数行清丽的文字，闪亮在越来越模糊的记忆中。

终于会明白，美丽源于心灵的发现。也不再计较到过多少名胜之地，其实身边就有许多好风景。譬如日出，每天都在默默进行隆重的仪式。生活的天空不会总是塞满沉抑的乌云，但你多少次站立在黎明的曙光里眺望东方？记不起哪一天壮丽的日出景象，也记不起太阳是如何一点点艰难而又激奋地跃出地平线。普通的日子里，日出只是意味着送来了光明与温暖，舍弃了虔诚与庄严的情感。所以，我们宁愿沉醉在睡梦里，或者奔波在路途上，忽略了日出的美景，更是错过了令人心动的诗意一刻。

家乡的日出，一度炒作得颇有些热度，但对我来说，总是一片模糊的印象，“千年曙光”错过了，“世纪之光”也错过了。几年前的秋天，陪朋友到黄金海滩看日出，当作了一项苦差使，第一天聚会到子夜时分，第二天凌晨 4 点起床急匆匆往海边赶。初起时，天边的云层压得很低，等东方放亮时，则有一片片流云轻轻地飘散开来，太阳没有在海平面上跃出，而是从云层里一点点挣脱出来，美丽的是霞光，变幻着这片天这片海这片宁静的大地。我爬上了牛车，在海潮轻涌的滩涂上，凝望着宽广而神秘的大海，闪烁着一缕灵动飘忽的金光。

因了这一次的经验，那年元旦拍摄新年日出时，我推荐了黄金海滩。年轻人冒着严寒去实地迎接新年第一缕阳光，我则在新闻短片里欣赏日出美景，并为它配上一段音乐。这是受央视新闻《日出东方》的启示，恢弘的音乐中更能让人强烈地感受到日出给人的美与力量。当然，日出的美景也打动了我。

东方曙色初动，天边压着一道青色的云层，悄悄地镶上了一条橙色的花边。靠近堤岸，黑褐色的海滩上横亘着一道道白花花的冰碴儿，凝固了海潮退去的痕迹。放眼远望，广袤的滩涂泛着光亮，辉映着沉寂的梦想。一群海鸥飞过，画面顿时灵动了起来。太阳开始在云层里挣扎，一抹淡黄的牙儿时隐时现，慢慢地长成一个圆。此时太阳跃出了云层，万丈光芒将天边涂抹成金黄的一片，又倒映在滩涂上一泓海水里，金光闪闪。

“嘹亮小号探路，各种丝竹管弦齐声奏响，心里一千双小手掌声四起，经久不息。”采访的记者描述着日出瞬间的心情。欣赏着这样的美景，音乐已然在心中响起。

我也是！脑海里翻腾着一段段关于日出的音乐。首先想到的便是理查·施特劳斯在交响诗《查拉图斯特拉如是说》中辉煌的日出，四支嘹亮的小号在大调、小调间交替转换，再接上定音鼓雷鸣般的三连音，最后是管弦乐宏大的齐奏。那像是冲破重重阻碍终获解放，胜利之感油然而生。其次是格里格在《培尔·金特》中清丽的日出，长笛和双簧管渲染着晨曦微漾的景致，接着连续向上移调，让人联想起旭日初升。那像是跟着太阳一起走，力量在胸中激荡。再就是德彪西在交响诗《大海》中缥缈的日出，单簧管和长笛描摹着一轮红日冉冉升起于海上，跟随管乐层层推进的弦乐，如同海风轻拂下渐渐苏醒的波涛，不断闪烁着光影折射的新辉。那像是守着一个空灵的梦，心儿在轻盈地跃动。还有舞剧《鱼美人》中温馨的日出，轻柔的弦乐涂抹着薄雾渐散的黎明，波动的竖琴似海潮轻轻地拍打着沙滩，铜管乐与弦乐相互映衬，由弱到强涌动起来，仿佛天空中露出一缕曙光，渐渐泛红，烘托出一轮红日。那像是在爱情的滋润中，生活满是美好的憧憬。

在音乐中，我感悟了一个虚幻而又美丽的日出，却比现实中的印象更深刻。不是每一个人都能发现或表达平常日子里的诗意。生活并不吝啬美丽的赐予，只是你体会了没有？

通向深夜的栈桥

这是一条修在河中央的栈桥，顺着蜿蜒的河道弯曲着，岸柳轻拂，细雨沙沙，叨扰了一个人的梦。一把伞影，在栈桥上移过来再移过去，恍若夜空中一朵流云飘过来再飘过去。伞底下，便是孤独的我，也是自由的我，如同空寂的广场上一个人优雅地舞蹈。

其实，我并没有远离城市。河的一侧，是一条单面街，车流不息，静立的路灯，缤纷的霓虹，倒映在河中，模糊成一团彩色的影儿。然而，十来米宽的河流，再加一条七八米宽的绿带，轻易地隔绝了城市的喧嚣。雨夜里的我，像是一位不相干的看客，静静地看着城市里的笙歌夜梦，人来人往中孕育了多少悲欢离合。

其实，这儿的风景并不算美。这条庙港河本是这座城市的排污河，十年前开始整治，种下了柳树，盖上了绿草，没有令人惊艳的秀色。可就是一条百来米长的栈桥，打动了我。时代变得让我们的生活越来越依赖城市和工业文明，却让我们的心灵越来越向往清新的大自然。于是，这般简洁的风景，因为幽静也就具有了品位。迈步栈桥，我愿意是寂夜里的一个钟摆，于时光的一隅摇来摆去，轻轻地抖落白天里的忧云、尘世里的烦恼。人生的长河里，终会发现那缕静谧的时光，不需要故事的陪衬，不需要朋友的点缀，却像一颗愈发晶亮的星星，闪烁在早已暗淡成一片混沌的夜空里。

今夜没有星星，混沌的夜空里雨丝飘飞，折射着城市的繁华与偶尔泛起的寂寞。梅子黄时雨，贺铸以此来比喻满腔的愁绪，外加了两句“一川烟草、满城风絮”。而我，在这梅雨之夜，感觉不到剪不断理还乱的愁绪，虽然这段时日我的心情颇不平静，可那不平静的心湖，在轻柔的雨声中反而宁静了下来。乱云飞渡，雨丝却是那般的从容不迫，河面也是那般的波澜不惊，那似乎在教会我们以一种极其雅致的表达方式，去面对生活中布满愁云的时日。

站在栈桥上，轻倚栏杆，看水流无声，光影摇曳，恍惚间置身于江南水乡——小桥流水人家，我像是坐着船儿，慢慢地穿行在古镇的柳烟里，静赏夜的流光。那也可以是“画船听雨眠”，抛弃了一切芜杂的心事，躺在船上，感受着轻漾的微波、柔密的雨丝，终于沉睡在江南的梦境里。再或是“夜船吹笛雨萧萧”，飘柔的雨帘打湿了婉转的笛声，那颗心沉醉于雨夜船的雅兴与诗情。

怪不得，古人不得意的时候便生出遁世的念头，自与船有关。李白说得潇洒：“人生在世不称意，明朝散发弄扁舟。”苏轼则说得痛彻：“长恨此身非我有，何时忘却营营。夜阑风静縠纹平。小舟从此逝，江海寄余生。”辽阔的江海，瑰丽的山水，足可以寄情，但不是每个人都能轻松抛弃了俗世里的一切，就是东坡居士，也未必。熙熙攘攘的小城里没有心旷神怡之景，我也只是俗人一个，没有那般的仙风道骨，只求这雨夜里片刻的清宁，却也似喝了一杯琼浆玉液，顿觉神清气爽。

这样的时刻，也明白了生活其实并不吝啬，总有一些风景在等着我们去发现与欣赏。只是这个世界太喧闹了，我们往往与宁静和美丽失之交臂。而在这一个清寂的雨夜里，在这一条落寞的栈桥上，我才发现掩映在风景中的心路，朴素而优雅。

或许，只是因了一个缘。就如站在这一条通向深夜的栈桥上……

一个缘，你会发现风景，也会发现自己。

怀想蓝天

待在城市里久了，特别怀想空阔而纯净的蓝天。耸立的高楼间，早已看不到一片完整的天空，又何敢奢望那一个湛蓝的梦？于是，怀想起空旷的乡野，在那儿可以对着蓝天白云自由地劳动、自由地畅想。于是，也就理解了乡下的父母为什么过不惯城里的生活，他们离不开那片空阔的天、空阔的地。

圈在了鸽笼般的房子里，如何忍受得了？换作你，或是我，也总想出去走动走动，特别是秋高气爽的时候，那颗心早已飞了出去，茫然地寻找着一片醉人的美景，一片蓝天下的灵动。我实在没有把握，在这个日渐长高不断扩张的城市里，在这个日渐熟悉美感疲乏的环境里，还能找得到让人心灵一震的风景，甚至早已没有了寻找的兴致与乐趣。就像我们已经忘记了从哪里来，又何必知道将到哪里去。

给我灵感的竟是一片城市里的庄稼地，确切地说是一块待建的房产项目用地，民房还没有拆尽，庄稼还在蓬蓬勃勃地生长，农家的生活还在日复一日地继续。当然，这在许多人的眼里绝对不是风景，孤单的民房，伴随着散落的瓦砾，齐整的庄稼，夹杂着零乱的野草。是呵，城里人早已把风景格式化了，林立的高楼，幽雅的公园，整齐的树木，妖娆的花朵……就是我，起初也没有把它当作风景。然而，当我蹲下身子时，天与地融合在了一起，乡与城没有了距离，映入眼眶的是一幅幅朴素而热烈的画面。或许，找一个独特的角度，都能发现美丽的风景。但我相信，那些画面沉淀了童年的记忆、乡村的梦想，注入了繁华城市里的现实温情，所以它吸引了我。

首先打动我的是扁豆花。绿叶丛中，一串串白色的洋扁豆花尽情绽放，悄悄掩去远处的塔吊；柔软的茎丝随风起舞，轻轻摇动天上飘浮的云，瞬间唤醒了悠远的往事。童年的我，曾在田野里采摘过洋扁豆，却已不记得如此清纯的扁豆花，也不记得如此净美的蓝天。我只记得洋扁豆烧茄子这一道沙地人的家常菜，酣畅的夏日里，总会将它连汤带水一起倒进了肚子，美味永远留在了舌尖、心间。

开着紫色小花的则是红扁豆——红镶边儿绿扁豆，花正艳；一串嫩荚挂枝头，秋意蓝；高楼隐约，逸气润心田。顿时感觉，我离城市很远，离天空却很近。肥大的芋艿叶，遮掩了我的目光，也遮掩了远处的高楼，蓝天下生机盎然，会否误以为“莲叶何田田”？却记得小时候喜欢玩芋艿叶上的水珠，晶莹剔透，摇一下叶子，四下滚动，折射出七彩的光芒。

猎猎飘扬的是芦稷叶，蓝天下壮烈如一面旗帜，宣示在陌生的城市里。芦稷是沙地最普通的一种植物，田旁沟边总会种上一两排，盛夏成熟时，它那高挑的个头、飘逸的影子，生生地吸引着孩子们的目光。冲着那甘甜的味道，胆大的孩子还会去偷上一根，乐上一把。眼前的这几根芦稷，头顶的穗儿冒了出来，伸向蓝天，长长的绿叶舒展的是一片甜润的诗意。

几株玉米秆，枯立在田边，玉米棒已被掰掉，只剩下玉米壳呈花形散开，恰似一把燃烧的火炬，在城市里追述逝去的青春。关于玉米的童年记忆，是炎炎烈日下田野里的收获——掰玉米，是清凉夜风里围坐家中的欢聚——剥玉米，是生火做饭时独自品尝的喜悦——烤玉米。如今，在城市的边缘，在这一个秋天，感受到的是玉米秆的静美，如一个人老去时的怀想。

一片花生地，长得葱葱绿绿，边上的秋葵开始转红，芦苇已变黄，风中摇晃着纤细的身影，不远处两幢高楼正在崛起。不禁让人想象，这是乡野里的孤城，还是城市里的荒野？一边是正在远去的风景，一边是渐感厌倦的风景，只有蓝天才能抚慰我们的内心，才能弥合现代生活的裂缝。

回到家，上街买东西的妻子早已回来，感叹今天的天空真蓝，真美！一起出去看看？不了，我已出去溜达过，而且看到了不一样的蓝天——那是记忆里纯净的蓝天，也是现实中热烈的蓝天。

碧云天，黄叶地

“碧云天，黄叶地……”不知为何心中好喜欢这一句，以为可胜过那句“碧云天，黄花地”描摹的百般滋味。满地黄花堆积，会让人想起憔悴损，想起离人泪，让人透着无限伤悲，怎一个愁字了得。可不如“黄叶地”来得自然，单纯的写景，不意间勾起了万种情思，却又不觉得滥情，隐隐的眷恋，绵绵的柔情，热烈的向往，宁静的思念，一切都悄悄融化在了天地间。这比赚人眼泪的诗句来得意境开阔，黄叶纷飞中体会了一份朴素而深沉的情感。

于是，爱上深秋。下班的途中，或是上班的路上，拐一个弯儿，一下子改变了匆匆的步伐，悠闲地漫步于头兴港河畔的儿童乐园。只是因为贪恋着正午的阳光，亦怜爱着飘零的黄叶。我漫无目的却又满怀希望地寻找一片纯粹的秋色，一缕灵动的美感。

深秋的天空多是纯净的，那一片幽蓝的天，澄明而深邃；那一缕舒卷的云，薄纱般轻盈。抬头望一眼，我会沉醉其间，感觉了一丝轻飘飘。然而这样的天空还不会让人惊讶，因为没有奇异的光彩，也不是难得一见的风景，或许还会有空洞之感。世人早已习惯了以一种看得见、摸得着的质感来衡量事物的价值，甚至是美的程度——在有些人的眼里，纯净的同义词是单调，豪奢的同义词是华丽。想来他们会惊讶于梭罗的诗句：“一点点浪漫的阳光，就是最丰富的风景。”

如果真的感觉这样的风景单调了些，那请不要忘记了秋天的树。选取一角的丫枝，以及枝头稀疏的黄叶，再以邈远的蓝天为背景，便成了一幅绝美的写意画，寥寥几笔勾勒出深秋的神韵。自然那也会牵出一丝依恋之情，许是黄叶对蓝天最后的向往，对根的永恒的眷恋。假如片片黄叶决绝而去，只剩下了光秃秃的树枝，那也用不着遗憾，衬上蓝天白云，这幅写意画一样的意蕴丰富。粗粗细细的枝条构成了一张网，分割着旷远的风景，天空并没有因此变得枯冷生硬，反而于简单中露出一丝纯粹，于冷酷中秀出一股力量。一个人，此时真正看清了这个世界。

这个时节，还没有瘦削下来的树，则静静地渲染着秋色，叶子泛黄，或是转红。风刀霜剑严相逼，花儿凋零了，叶子却呈现出生命中最艳丽的光彩。将它塞满自己的镜头，那成了一幅雅致的工笔画，或如一件精美的刺绣作品，细细地刻画着深秋的情愫。色彩斑斓的，慨叹着秋意之浓郁；颜色单纯的，感怀于秋叶之静美。于我，更喜欢那金黄的叶子，映在那纯蓝的天空上，闪亮在柔和的阳光下，纯净而饱满，惊艳而高贵。

顺着叶落的轨迹，目光一定会触及树下的那堆黄叶，颜色已老，渐渐枯萎。虽无人惜从教坠，可也知落叶对根的情意，不忍心踩上去。尤其是那片片银杏叶，蝶舞翻飞之时，便已触动了你的灵感，不禁要去赞叹那最后的美艳之影，又忍不住感叹那金黄的“蝶翅”明媚鲜妍能几时，只怕北风中转眼化成了泥。然就是这般矛盾的心情，蓦地发现脚下的这块土地原来也是如此的富有诗意，不是因为风景的唯美，而是因为倾注了我们深深的情感。关于落叶，关于四季，关于老去与新生，关于涅槃与轮回……换了一个角度，我们以慈悲心打量这片黄叶地，从容走向冬天。

梅花点点迎新春

年味淡了，春的气息却浓了，也算是一种补偿吧！荡漾在和煦的春风里，沐浴在明媚的阳光下，这样的春节别有一番滋味在心头，自是一股清新与温馨的年味。

这个春节来得特别晚，翘首可见九九艳阳天了。大年初一，蓝得晶莹的天，深深地印入了眼帘，印入了脑海，继而飘忽在纯净透明的想象里。那无关风雪的记忆，无关冰封的日子，春意扑面而来。

这样的天气，去上班也是一件惬意的事。逍遥漫步在街头，带着除夕夜家人团圆的醉意——想不起央视春晚的节目，也想不起坐在电视机前和爸爸妈妈唠叨的话语了——风和日丽中，静静地回看冬与年的背影，回看这个城市的繁华与沧桑。

单位里特别安静，没有了往常的忙碌与热闹，却可以让一个人闲坐下来，做自己想做的事，或者什么事也不做，于悠悠流淌的音乐中发呆，默默地享受岁月静好。许多的日子里，我们习惯了忙碌与喧闹，一旦安静下来，倒有了一丝不安。而在春节，在自己的办公室里，我也可以心安理得地闲适一下，不会背有思想的负担。当然，我庆幸自己还有静下来的能力，能够躲避物质的和精神的噪声，在一个热闹的节日里保持着内心的宁静。

不过，我们总是要寻找一些年味来装点新春佳节。那不是生活的习惯，而是生活的情趣。

朋友在微信上告诉我，乡野里的菜花黄了，有图为证，虽是一两株，却在传递春的信息。于是下班沿着河滨花园小径漫步，探春寻花，希望有个欣喜的发现。果然，春意已在枝头酝酿，瞧那点点明黄的小花，不正焕发着蓬勃的生机，昭示着春天的来临？那是簇簇蜡梅花，一片容易让人错过的风景，小巧的花朵，默默地盛开于叶落枝枯的树丛中，盛开于风刀霜剑的寒冬里，躲避着喧嚣的尘世，独自面对酷冷的季节。如果遇到有心人，循香而往，再以那片高远宽广的蓝天为背景，细细观赏那久放不凋的蜡梅，顿时感觉一抹亮色鲜艳了生命。“早梅发高树，迥映楚天碧。”柳宗元的诗句描摹的正是蜡梅花开、生机盎然的景象，而以梅花映衬天空，这般突兀的笔势能不让人生出奇妙的联想，感慨那意境开阔的人生？

而我，按捺不住内心的冲动，摄下这片美景。对着太阳，照着花儿，镜头里更是有了新的发现：逆光下的花儿愈发明亮艳丽，恍如暗夜里跃动的点点萤火，又如太阳下涌动的粼粼波光。那像是印象派画家的点彩法大作，一个个凌乱的色点最终汇聚成瞬间强烈的光感。这是多么的神奇，路边色泽黯淡的蜡梅，经过阳光的照耀，经过镜头的整合，变成金黄的星火，变成灿烂的画面。人生的印记，想来也是如此，只要心存阳光，一个个不经意的点，最终幻变成一幅精美的画面。

“爆竹声声辞旧岁，梅花点点迎新春。”回到家，我整理了几幅蜡梅的照片，发到了微信上，恭祝亲朋好友羊年吉祥，自然也写上了这对春联。过年，我们听多了爆竹声，梅花却难得见。蜡梅虽非梅类，却与梅同时，香气相近，艳而不俗，予人一股特别的年味。这悄悄盛开的蜡梅花，装点了我的春节。

心似梨花

印象中，从来没有好好端详过梨花，只是见着挂果闻过梨香尝得美味，近在咫尺的水果小镇“千树万树梨花开”的壮观景象，一而再再而三地错过，也总是存于我的想象之中。

又见花开时，按捺不住内心的萌动，携妻踏青去春游。驾车才十五分钟，便从城里赶到了水果小镇。停了车，漫步于果园长廊，顿感轻松惬意，雨丝轻拂，一把伞平添一丝浪漫。两侧的竹篱笆隔着的是一片花海：枝头桃花，颜色渐淡，让人怜片片落花；梨花正盛，冰清玉洁，雨湿处晶莹剔透；油菜花开，金黄一抹，乡野里肆意铺染。

偏爱梨花，虽不如桃花的艳丽、油菜花的热烈，春风细雨中静静开放，一片素净淡雅。可是一株株、一朵朵梨花簇拥在了一起，竟也有了非凡的气势。登上观景台，俯瞰这片梨园，黑色的虬枝，白色的花朵，交织成了一幅浑然天成的水墨画，朴素纯净中透出一股力量，显出一份壮美。心似梨花不争春，万千芳华惊世人。不与百花争艳，不与万物争宠，洁而不独的梨花在自我的世界里唱响生命的赞歌。

细看梨花，洁白的花瓣开成一个个小喇叭，白玉般的温润，粉红的花蕊点缀其上，纤弱而富生机，细柔而有韵致。妻子仰头将花嗅，凝眸含笑，俏立花枝旁，留下倩影，不由得想起李清照的词句：“怕郎猜道，奴面不如花面好。云鬓斜簪，徒要教郎比并看。”青春不再，竟也有这番兴致。再想起年少时的执情执念，心似一树梨花优雅开放，拂去红尘喧嚣，牵出记忆里一缕花开静美的时光。应叹道，最美人间四月天！偶见落花簌簌，恰似白蝶翻飞，光影灵动，心头春永驻。

此番诗情画意，仿佛乐声响起，消融于自然，回响于心间，那应是清澈明亮的琵琶？！

不知何故，关于梨花的音乐，总像是牵扯上了一缕伤感之情，譬如《梨花泪》——细雨就像梨花泪，点点滴滴都可贵。相聚时满怀甜滋味，分手时美梦难追回……或是《梨花落》——梨花落尽思念，放下了，心又再疼一遍……即使是《梨花颂》，那也歌颂的是一段“此恨绵绵无绝期”的爱情。回来后为一段水果小镇梨花盛景的视频配乐，选来选去，有点犯难，最终选的是林海的《琵琶语》——那清冷的琵琶音色不正与雨中梨花的色泽相吻合？忧伤的也罢，幸福的也罢，在与岁月的清脆碰撞中洒下一缕淡淡的花香。

却记得，心似梨花，流年里独醉于一剪清冷的光影……

春日花海

对于风景，那颗心总是向往着远方。一样的油菜花开，让人憧憬的往往是江西婺源的“梯田花海”，或是苏北兴化的“千岛菜花黄”。其实，一到春天，家乡的油菜花也是开得那般金灿灿黄艳艳，但春天总是一不留神地从我们眼皮底下溜走了。

那年春天去婺源，站在高高的山岗上，俯瞰满山坡盛开的油菜花，层层梯田，黄绿相错，直至山坳，一簇黛瓦白墙的徽派民居，古风依然。婺源的风景不枉最美乡村之誉，但心头想念的却是家乡的花海，总觉得这油菜花没有家乡开得那么艳丽那么蓬勃。大概我们去晚了，过了盛花期；或者出了远门，才发现家乡的好。

一马平川的家乡，油菜花是最普通的风景，却铺展成春天里最鲜艳的画卷，再点缀几株粉红桃花，更是婉约有致。领略这片花海的韵味，或是登高望远，或是驱车而行。家乡没有山，所以掠眼而过的美景似乎最能打动人，记得是宽阔的河边，热烈地生长着大片的油菜花，高低错落的田垄又使金黄色的花海有了起伏汹涌之感，让车窗里的人心醉神迷。

总想，如果有音乐相伴，那风景会更深地烙在心间——爱车穿行于花海，音乐萦绕在耳边，那应是怎样的一幅浪漫情调？又该放什么样的音乐呢？没有买车前，我憧憬的是贝多芬的田园交响曲，尤其是第一乐章，简单的乐句，丰富的意象，让人想象乘着一辆汽车，奔驰在春天的田野——那是一条没有尽头的公路，就像这个乐章似乎永远不会停下来，拂过眼帘的则是一片花海，游骋其中抛却了现代社会所有额外的心灵负担。

买车后，听音乐则要听从家人的建议。妻子喜欢的碟片是《对话：古筝与童丽的故事》，印象最深的歌曲是《烟花三月》——正是春暖花开的季节，风景与音乐相符。数年以后，一听到这首歌的旋律，儿子便能准确地说出歌名，还能想起自家的车行驶在沿江公路上，两侧的田野花开烂漫。车内相伴的是童丽的柔雅之声，古筝的清丽之音，荡漾着一份古意："烟花三月是折不断的柳，梦里江南是喝不完的酒，等到那孤帆远影碧空尽，才知道思念总比那西湖瘦。"古诗里的春天总是美好的，柳絮如烟，繁花似锦。此刻的我们呢？没有折柳之恨，也不牵挂扬州，车在花海里飞驰，心在歌声中徜徉，三月烟花醉，春色为我留，这一刻是最现实的温馨，是最真切的诗意。

我挑选的碟片是《百年留声》，唱的都是电影插曲，印象最深的则是《飞花歌》："春季里花开飞满天，桃花万点红遍人间，杏花一片暖讯争先，赏花人只道花儿艳，种花人清泪落花间……"歌曲的节奏波澜起伏，情节层层推进，不禁让人在欢愉中惦念起素不相识的种花人："汗珠滴花间——寒衣还未剪——挣扎待春天……"歌曲唱的是另一个时代，但种花人的无奈和企盼却是那么强烈地揪着了一颗心，再看这片花海，仿佛黯淡地透着沉沦的色彩。我们是怎样的赏花人，只道花儿艳？不，婉转的歌声中，摇曳的花海里，我们的内心真诚地赞美这一个春天，赞美这一片土地，感恩父老乡亲的耕耘，感恩天地自然的赐予。

那年春节，省电视艺术家协会寄了张贺卡来，里面夹了张碟片《乡愁》，便带在了车上反复听。最动心的一首歌是《梨花颂》。"梨花开，春带雨；梨花落，春入泥。此生只为一人去，道他君王情也痴……"听着动人的唱腔，不禁又让人想起了这一片春日花海——千树万树梨花开，但那片烂漫春色浸染了千古之思。《梨花颂》为大型交响京剧《大唐贵妃》的主题曲，年近古稀的梅派京剧传人梅葆玖曾亲自演唱此曲，刻画的是杨贵妃与唐明皇"仙乡续缘"中的缥缈爱情——"玉容寂寞泪阑干，梨花一枝春带雨。含情凝睇谢君王，一别音容两渺茫"。李玉刚没有梅葆玖的浓郁京韵，却也唱得荡气回肠，牵出一缕悠悠情思绵绵长恨。人生百年，孰能无憾？古往今来，多少悲欢离合，君王情也痴，我辈亦如此。可平凡如我，爱过一个正当最好年龄的人，牵手过日子，生养了孩子，守着爱情慢慢变老，这足以让我们沉醉在这春日花海里，不去计较人生的得与失。幸福的人生，在于自我的满足，而不是没有了遗憾。

感谢这片绚烂的花海，感谢这些婉转的歌声，让我们留下了美好的春天，刻下了幸福的记忆。

人生大扫除

办公室做了小小的调整，却也像是搬家一样的，似要大动干戈一番。毕竟坐了五年多时间了，堆积的材料不少。虽然外表上看起来还算整齐，其实办公桌的抽屉里、书橱里已是零乱一片。一张书橱板早就坏了，一大堆的杂志便堆放在靠窗处的地板上，也有一年时间了吧。一直想好好整理一下，却又觉得工作有些忙心底有些烦，一再对自己说过两天吧。拖到如今要搬出这间办公室，才不得不动手整理。人啊，就是如此，往往要等到迫不得已的时候，才会硬着头皮忙完自己一直感到心烦的事情。最终忙完了，又是无比的轻松，恨不得要去感谢那场突如其来的变故，一下子改变了自己——零乱的环境，或者芜杂的内心。

说是零乱，乱就乱在一叠叠打印的材料上，以及订阅的报纸、杂志，如同食之无味、弃之可惜的鸡肋，或许某一天用得着。这种想法搁在十年前还算是正确的，如今的网络时代则已过时了，在成千上万页的纸张中找寻有用的文字材料，远不如百度来得快捷方便，何况许多材料都有了电子文档存在了电脑里。这样想了，便果断地把那些旧报纸旧杂志旧材料一股脑儿扔了。

不由想起梭罗的话：一个人的富裕程度如何，就看他能放得下多少东西。在精神财富上也是如此。大凡书籍，可分为三类。第一类是用于装饰的书，如同钱钟书先生参观某图书馆，感慨于一架一架的书："有这么多我不想看的书！"第二类是污染眼睛的书，品德高尚的人唯恐避之不及。第三类是触及灵魂的书，深深地影响着一个人的成长和人生。自然，第三类的书籍最少。当年的国学大师黄侃曾狂言："八部书外皆狗屁。"他那融化于胸的八部书为《毛诗》《左传》《周礼》《说文解字》《广韵》《史记》《汉书》《昭明文选》。当然各人见解不同，但在生命里烙下深刻印记的书总是屈指可数的。其实，许多材料许多书籍都是一次性的，用不着枉费精力，甚至愚蠢到日后要在故纸堆里查阅片言只字。

再有点不舍的是数百张的贺卡，多是新年祝福。年年岁岁，差不多相同的朋友，差不多相同的祝福语。其实也并不见得多有价值，更重要的是扔了这些贺卡会让人于心不安，好像辜负了朋友的一片真诚，甚或严重到有了一种背叛的负罪感。可转念一想，这些年的贺卡，也是流水作业的多，如同拜年短信，基本上都是批量转发。真正惦记你的朋友不一定找一个节日来凑一个热闹，而是在你最需要的时候，出现在你的眼前，或者给你最熨帖的问候。

最终那些字纸足足装了六大袋，收废品的男子吃力地称重。我说算了，估一下，报个价吧。一百元？好吧，我爽快地答应。乐得他一再道谢。其实我还得谢他呢，自己要清理掉的东西竟还能换点零花钱。想想，生活中总有人抱残守缺，把累赘的东西当成了宝贝，真就那么放不下？何苦呢。

内心真正割舍不下的是美好的记忆。书橱里一把老旧的羽毛球拍，让我想起了刚调来工作的时光。周日，有兴致的话与妻儿过来打球。我球技不精，羞于同他人过招，只能与家人切磋了。那时儿子正上一个羽毛球培训班，甚感兴趣。三人厮杀，水平相当，虽不精彩，却很激烈，自我感觉潇洒自如，难得的闲暇好时光。再就是静悄悄的周六，总会加班，我却喜欢，并不忙碌的一天，好好梳理一周工作之余，还可安享午后的阳光。最好是冬日，朝向西南的办公室正对着西斜的太阳，春天般的温暖。听听音乐，写写文字，没有人来办公室打扰，偶尔有朋友来，亦可谈谈知心话，让人细细品悟人生，品味友情，感受岁月静好。原本讨厌冬天的我，不禁在这一时刻这一间屋子喜欢上了这一个季节。自然，喜欢的理由是日子里静静流淌的一缕诗意。

该扔掉的扔进了垃圾堆，该留下的留在了脑海里，记忆也是如此。人生真需要这般的大扫除，丢弃一些无用的包袱，以更轻松更自由的心态前行。

所以，我总不会回头张望，美好的时光在前方。

自由的心房

有位朋友，欠了一屁股的债，无奈之下去自首，要求彻查收押，人也赖着不愿出去，一门心思要坐牢了。听到这个真实的故事，惊诧不已者有之，摇头叹息者有之，幸灾乐祸者有之，惋惜同情者有之，想来大家都将此作为茶余饭后的笑谈：躲债竟然躲到监牢里去了。可我想，于那位朋友来说，坐牢是最好的出路，可以求取一份内心的自由，或者说是求得一种解脱，因为他的心灵早已戴上了沉重的枷锁，到了牢房里，身子少了份自由，心灵却卸下了重负。

再拓展一下想象的空间，于浮躁的现代人来说，或多或少受着世事的羁绊，也许到了牢狱里反而会获取心灵的自由。这有正反两例证。早先有浪漫诗人徐志摩说："平常我们从自己家里走到朋友的家里，或是我们执事的地方，那无非是在同一个大牢里从一间狱室移到另一间狱室去，拘束永远跟着我们，自由永远寻不到我们。"现今又有醉驾入狱的高晓松发声："坐牢那半年是有生以来最快乐的时光，是自己精神和思想最自由的半年，因为没有手机捆绑，这个东西太讨厌了。"

其实，现代社会让人讨厌的何止是手机呢？任何给现代人带来便利享受的东西，在另一个时候另一种场合又会让人的心情焦躁不安。信息畅通了，网络、QQ、微信，轻轻一点，连通世界，却也让你的身心无处逃遁，清静不了，甚至少了手机与网络又会折磨得人失魂落魄，殊不知许多的信息只是一种精神的垃圾、心灵的污染，混沌了你的思想。出门快捷了，飞机、高铁，四通八达的高速公路，天南海北地跑，不觉舟车劳顿，却让那颗心灵疲于奔波，无处栖息，观风景走马观花，看繁华浮光掠影，到头来过眼烟云这世界还真是一片模糊。办事方便了，电子商务、网购，不出家门，事情办妥，可那颗心放得下吗？国人最讲人情了，不托个熟人办事心里就悬，即使酒桌上觥筹交错热热乎乎成了酒肉朋友，心里总还提防着呢——防人之心不可无呵。

忽然想起一个简单至极的问题来：什么是自由的时光？也许会回答：随便什么都可以说，随便什么都可以不说；随便什么都可以做，随便什么都可以不做……错、错、错！那样的自由只是水波中荡漾的诱惑着你的幻影，这个世界上哪能允许你乱说乱动呢，没有规矩，不成方圆，自由是以不妨碍他人为底线的。我的答案是：随便什么都可以想，随便什么都可以不想，那便是自由的时光！一定会有人反驳我的答案：想什么，还不是全由自己做主了，任何时候任何地方。那么心灵不健康的人呢？受名利诱惑的人呢？为所谓的爱情着迷的人呢？究竟有多少现代人享受到了自由的时光呢？

自由，更多的是向内心而求，而非从身外索取。自由不自由，关键看你心灵的空间有多大。一个人的生活空间是有限的，但心灵的空间可以是无限的。“结庐在人境，而无车马喧。问君何能尔，心远地自偏。”采菊东篱的陶渊明是大隐隐于市，关键有一种悠然的心态：心远地阔。如果割断不了名利之念权位之欲，那么即使隐居于深山老林，又于心何补呢？或者是做一心仕进最后走出“终南捷径”的盛唐假隐士卢藏用，或者是做金庸笔下欲当武林盟主而把自己搞得阴阳怪气的华山派掌门伪君子岳不群，他们又何曾拥有一份心灵的自由呢？

反过来说，现代人获取心灵的自由、享受岁月的静好其实也不难。看看书，尤其是那些大家的美文随笔，可以在安宁的小屋、静谧的花园，也可以在喧闹的候机大厅、嘈杂的宾馆大堂，只要静下心来读一读，就像是喝了一杯解渴的清茶，让人神清气爽，更能自由穿梭于那片广阔而深邃的思想空间。听听音乐，最好是那些名家的经典之作，快餐式的流行音乐很快就会让人听腻了，昨天还是那么的动情今天就可能变得那么的可憎，只有那些纯正的古典音乐，才能让你的心畅游于乐海，默默地对话高贵神圣的巴赫、激情四射的贝多芬、多愁善感的柴可夫斯基、神秘幽邃的德彪西……沉醉于他们的泪与笑、思与虑、爱与忧，你的心房便宽阔了自由了。赏赏风景，不必在乎风景如何的美，讲究的是人多人少，只要是个清静的地方，或是古朴，或是典雅，或是壮丽，或是灵秀，一个人细细品味，都会领悟了那片深远的意境，也就明白了风景只是一座通向心灵的桥梁，只要契合了心境，那就是人生中至美的印记。交交朋友，不需要太多的朋友，但一定要有谈得来的朋友，最好的朋友是能够聊天的朋友，敞开心扉地谈，不要苛求朋友非得两肋插刀地帮你，更不要强求朋友酒逢知己般地陪你，只要能一起说说心里话，便是莫大的自由与幸福了。

人们总会怀念童年的那份美好时光。童年，美就美在自由自在，可以无拘无束地玩，那是一颗纯朴的童心才能享受到的自由，无牵无挂的孩子也因管束不了自己，常常玩得痴心了，招来父母的一顿臭骂。担负更多责任的成年人需要的则是一种收放自如的自由，忙时井然，闲时悠然，得意时淡然，失意时超然。那就需要一份成熟淡定的心境：可独处，亦可热闹；可急流勇进，亦可急流勇退；容得下朋友，也容得下对手；容得下纤尘，更容得下世界。只要有颗清净的心，只要心向蓝天，随处都可以享受自由的时光。

生命的黄昏

抻长了的时间，或许会成为心灵难以忍受的折磨。就像人生没有了希望，只是在痛苦的张望中消磨暗淡的时光，又有什么意义而言？

那是一次在云南大山深处赶路的经验和印象。夕阳滚落进天边一簇乌黑的云层，霞光披照，从整个湛蓝的天空渐渐地收于半边天，又慢慢缩至一个角。车子背着太阳落山的方向行进，盘旋的山路上，一会儿看到了天边的一缕光亮，却是越来越柔弱，越来越无望；一会儿又直接驶入黑漆漆的山中，在这窄窄的山道上仿佛随时会坠入彻底的绝望之境。山脚下的点点灯火遥远而清晰，天边的霞光那么亲近却又虚无缥缈。我们的思想便像是永远搁在了黄昏的悬崖边，让这一缕将逝的霞光挽住留恋的心，又让逼近的黑夜一点点吞没了你的生气。

这是旅行中的一点焦躁的心绪，原以为这与生活是不相干的，但现实总比小说更有想象力，在一次走基层中竟也感受了一回抻长了的生命。

阴雨天的乡村，显得格外的素朴宁静。初夏的田野，满眼生机，淡淡的麦香，籽粒饱满斜伏着的油菜，预示着一个丰收的季节。可是美好的想象掩盖不住心灵的忧伤，村会议室里，对面坐着的十多位老人，感受不到这一份快乐，气氛在他们的眼泪与沉缓的叙述中显得凝重起来，像是被一场雨打湿了全部的希望。不幸的家庭各有各的不幸，可听多了就像是一个套路演绎的故事，反正离不开两个词：疾病与死亡，只不过是贫病的程度不同而已，只不过是悲伤的程度不同而已。一位满脸皱纹的老太的两行浊泪堵塞了同情的心，让人感觉了一份沉重与压抑，像是在荒原里被逼得无处可逃，必须直面那冰冷的现实。

人是为着希望而活的。有了希望就有了人生的目标，有了前进的激情和动力，生活也便一步一个脚印变得实实在在。尽管也会遇着困顿和不幸，也会尝着酸和苦，但只要有希望，苦也是甜，生活就会变得有滋有味。其实，那几位老人真正的苦难是心灵的绝望、精神的萎缩，没有了希望，那抻长了的生命便不是人生的享受，而是无尽的折磨。

那天，只有一位老人，说出了含着希望与快乐的话语："我不觉得苦，现在的生活这么好，比起二三十年前，好了不知多少倍，今天你们来只要问候一声就足够了。生活一定会一天比一天好，我要快乐地活下去。"说话的她，年过花甲，但依然穿戴整齐，面带微笑，透出一份端庄。她的丈夫和她同龄，先前也是个村干部，人缘挺好，村里人信任他，有什么矛盾都要请他去调解。可惜两年前中风，生活不能自理，多半时间躺在了床上，子女不在身边，拖累了老伴。可她还是感觉了生活的美好，微笑着面对我们。我猜想是什么给了她生活的乐趣和信心：曾经的爱情，或者是对未来的憧憬？当然，常人的眼里，对于一位老人来说，爱情已是一朵凋零的花，未来便是西沉的夕阳，风烛残年里还能享受人生的美好？但无论怎样，她的内心是充实的，也是坚强的。

我明知道有一个神秘的模样，
在背后揪着我的头发往后搡，
正在挣扎的当儿，我听见好像
一个厉声："谁搡着你，猜猜。"
"死。"我说。"不是死，是爱。"他讲。

做这情诗的是英国的白朗宁夫人。其时，她才三十九岁，却像是人生的暮年，因为骑马闪损了脊骨，终年困守在楼上，在一只沙发上生活，她的日子在生死的边界上黯然地消散着。更有无情的打击：她的爱弟无端地做了水鬼；她的无可通融的父亲横加阻拦她的爱情，那可是她生命里唯一的光亮。然而，她抓住了造化恩赐的唯一机缘，坚定地朝着光亮走去。她和她的情人在一个隐僻的教堂里结了婚，又悄悄地离开了岛国，来到了意大利。因为爱，她从一个沙发上的废人变成了一名健游者，又将绝望沉沦的人生演绎成了幸福美满的传奇。

死与爱，有时只有一步之遥，信仰却永远在死亡的彼岸。只要你相信，爱能创造所有的奇迹；只要你相信，生命的黄昏里，也有春天！

清晨，漫步湖畔

远山，迷蒙成一条富有韵味的青色曲线，静静地延伸着，静静地分割着天空与湖面——其实那在早晨的微光里已经融为一个整体，天上的云浸在水中，沉淀出一片淡然的情怀；水中的云映着天空，揉搓着一个湿漉漉的梦。转过身，面向太阳升起的地方，惊诧于乌云压抑下的日出，不见太阳，却见那辐射出的一束束耀眼的光，绚烂了天边的云。云之下，是长长一排沿湖而建的小楼，那是昨夜栖息的地方，荡漾在清晨的湖光里，蓦然发现那是梦的天堂。

于我，湖是风景中的最爱，爱那泛涌的灵光；清晨，时光中的最爱，爱那迷幻的晨曦。

那幅真切的湖光山色图诱惑了整整一夜，经不住清脆幽微的鸟鸣声的撩拨，一下子从仲春的睡梦中惊醒，猛然想起这是在宁静的湖畔，充满了希望和力量的清晨，拉开了美好一天的帷幕。

推开移门，晃入阳台，就能亲近这幅绝美的风景。但我已不满足于坐在阳台上悠闲地张望，情不自禁地溜了出去，在许多人还在沉睡的时候，兴奋地漫步于湖畔，甚至轻松地跳跃，快乐地奔跑了起来，仿佛这风景被我一人偷偷地欣赏了去。融于透明的画中，自由自在地做一回风景的主角，独自咀嚼人生与自然的故事，感叹时光匆匆的同时，又会思考：为什么我们不能像这远山近湖那样从容不迫地度过每一天？让所有的欲念飘散在微露的晨曦里，以一颗纯净的心灵迎接未来。

沿着湖畔小径，曲曲弯弯，移步换景，沉醉于每一个细微的发现。长虹卧波——一条突现的十一孔古桥顿时惊艳了我的目光。那条桥从半岛似的山庄通向一个湖心小岛，名曰玉兔岛，一片苍翠，隆起于水中央，勾起人的无限想象。湖边的迎春花快要谢了，凑近残存的几朵娇黄的花儿，掩映在镜头里，看那长桥，那绿岛，那碧水，那朝云，春的气息摇曳在心灵的最深处。

漫步长桥，栏杆上蹲着的一只只神态自若的石狮，雕刻的一幅幅栩栩如生的石画，牵扯出一缕怀古的幽思。虽然内心明白那是一座新修的仿古桥，但远观此桥，能不联想起颐和园中的十七孔桥？伫立桥上，能不沉浸于悠久的中华文明？踩着方石，数着石狮，行走于长桥，总会想象穿越时光的隧道，游荡于往昔的某一个风云之日。而这一个清丽的晨，霞光清晰地映照着历史的某一个静寂角落。

人生匆匆的旅途上，许多时候我们只是一个旁观者，于历史而言，也于未来而言。可是清晨漫步湖畔的我，见证了一个别样的日出，留下了一幅幅转瞬即逝的美好光影，悄然明白："在太阳升起的时候，你刚好在场这才是最重要的。"置身于如画的风景，你会坚信：不要错过每一个清晨，那会是人生每一个美好的开始；更不能错过湖畔的清晨，那一定会迎来心灵之花的优雅绽放。

俗世外的茶歇

远眺太湖，俯瞰新城，一侧是现代的繁华，一侧是自然的清宁。

沏一壶红茶，悠然而坐。山之巅，三层的圆形观光平台，透明的落地玻璃窗，闲望四周的美景，于湖光山色中浅浅酌饮，于缤纷喧嚣外细细品味，心也便沉静了下来。尽管旁边有一桌老人在打牌，一局终了，碎乱的洗牌声、嘈杂的议论声、欢畅的笑声打扰了诗意浸润的清梦。但一望眼前渐渐西斜的太阳、泛着金光的浩渺太湖、绿意朦胧的湖中仙山、高楼隐约的蠡湖新城……又感觉自己远离了尘世，生出一份“偷得浮生半日闲”的欢愉。

身在城市之外，心在山水之间，享受片刻的静好时光，心也就莫名地感慨起来：人生竟有这样的意外之喜——在你感觉累了的时候，可以从容停下脚步歇一歇，又恰巧闯进了一处美丽清宁的仙境。那该如何感谢生活的恩赐？

其实，一个小时前还在路上犹豫呢。“冬天有啥风景好看的，倒不如找个地方喝茶去？”在我们打听去鼋头渚的路线时，惠山脚下天顺饼店的老板娘摇头劝我们。一句话也点拨了我们，走！喝茶去。可等车子驶上了高架路，心又茫然了起来：喝茶的地方多的是，但清静的茶楼哪里有？茫然间，又掉头前往太湖边，还是去看看风景吧，不枉路过无锡一回。

其实，一刻钟前还在鼋头渚的大门口徘徊呢。对于所谓的名胜，内心实在不敢抱有奢望。可我相信人生会有意外之喜，只要有颗随遇而安的心，便能从容享受片刻的美好。于是，大胆地跟着一位陌生的中年男人（也算是“导游”吧）来到了这个陌生的地方。不需要门票，只要给他一百元的小费。不是图便宜，而是图新鲜——那是我们没有欣赏过的风景。一看，便赖着不想走了，此处有茶楼，不正是踏破铁鞋无觅处，找到了喝茶休闲的绝佳之地？

此处位于无锡双虹桥南，名为宝界山林公园，藏在深闺人不识，近年才开发成景区。孰知明代散文家归有光便著有《宝界山居记》：“天下之山，得水而悦，水或束隘迫狭，不足以尽山之奇；天下之水，得山而止，山或孤子托稚，不足以极水之趣。”而在“两湖夹一山”的宝界山顶，可赏“群峰浸于波涛之间”的美景，极尽山水奇趣。北望鼋头渚，南眺珲埠山，西向太湖汤汤，东去锡城茫茫，顿感人生如一叶扁舟，飘荡在天地间。

品茗赏景，品赏的是一份诗意，一丝雅兴，怀抱的是一种从容随和的心态。心景相融，这杯红茶便更有香味了，眼前的风景也更具神韵了。爱这儿的山，如翠螺于碧海中浮游；爱这儿的水，如云雾于群峰间荡漾；爱这儿的人间奇景，养殖珍珠的浮点散于湖面，纤巧写意；爱这儿的古老传说，范蠡西施正是在这里泛舟湖上，逍遥一生。好一片悠悠旷远意境！

风景，是需要品味的。这儿虽不是名胜之地，却可以让一颗心真正沉静下来，感悟点滴的美好。有山，有水，有城，有人……但和一切都有距离，和一切又都那么亲近，这便是宝界山上观景的妙处了。远远地望着，所有的喧嚣离你而去，即使平日里令人压抑的林立的高楼，也遥遥地让你有了一份憧憬，变得美丽起来。而这山这水既滋润着疲惫的心灵，又不让人感觉太寂寞，现实中能有多少人真正远离我们的城市与生活呢？于现代的凡夫而言，山水只能寄情，万不可以寄身。

人生，也是需要品味的。不知什么时候悄悄放慢了脚步，不是想偷懒，而是想让人生走得从容些，再从容些。毕竟已不再年轻，需要更深地品读人生的滋味。付出总有回报，忙碌甚至会带来惊喜，但如果一颗心沉静不下来，那么再多的掌声也是生活的喧嚣。

忽地想起如今会议议程上的一个名词：茶歇——会间片刻的休闲。那样的茶歇，看似随意，喝一杯茶，或咖啡，尝一点水果，再三三两两叽叽喳喳地聊天，可毕竟有点拘谨，得与人寒暄，说些不感兴趣却又装着喜欢的话题，过一会儿还得紧张认真地听讲，或是辩论，那颗心脱离不了尘世，甚至歇息不了。而在这太湖之滨宝界山上的观光平台，沏一壶红茶，细细品味，什么都可以想，什么都可以不想；说想说的，听爱听的……远眺风景，俯看生活，融化于自然之中，超脱于爱恨之上，那真是俗世外的茶歇。

匆匆的旅途上，漫不经心地停下来歇歇脚，在一个陌生的城市，一个清静美丽的地方，喝茶观景，那是一份简单的自由、平淡的潇洒，可有多少人做到了，又有多少人遇到了？

感谢人生，这样一个不经意的美丽驿站！

品味天地间

妻子回了趟娘家，带了几道菜回来，最受欢迎的是茄子夹肉。儿子吃得津津有味，用了一句形象的话来形容自己的快感：像是在宽广的草原上策马飞奔。甚妙！虽然这个比喻有点离奇，却气象非凡，美味佳肴，品赏于天地间，带给人的不是味觉诱惑，而是视觉冲击，堪比“休说鲈鱼堪脍，尽西风、季鹰归未”的豪情。

不由得想起童年里的夏日晚餐，深深印在记忆里的画面是，夕阳西下，烧好饭菜的我，和弟弟把饭桌从屋子里搬到了场心上，耐心坐着，等待父母的晚归。此刻是最轻松的，又有一丝幸福的期盼。放眼西望，彩霞轻燃，点着一片苍翠的竹林，升腾的是归鸟欢乐的歌唱。更远处，子规声声鸣啭，回荡在空阔的田野。父母回家吃饭时，已是太阳落山，天色青蓝，凉风阵阵，虽然尽是些茄子、冬瓜、菜椒、豇豆的时令蔬菜，但这顿晚饭真正是惬意的享受。

更多的时候，饭菜端上了桌，父母还在屋前的瓜田里忙着摘甜瓜，我和弟弟则帮着在井栏边洗瓜，顺便冲冲凉，清凉的井水洗去了一天的暑气。父母把洗好的甜瓜装筐，明早去卖，留下几个歪嘴瓜奖赏给我们，那又成了我们晚饭后的美味。夜色浓郁的时候，收拾了碗筷，一家人围坐在星空下，乘凉，做梦——那会是致富的梦、盖楼的梦，父母一夜一夜地念叨着，我们则一天一天地盼望着，盼着哪块地里长出金银来。

可第二天一早，父母早早地起床，分头到附近的集市上去卖瓜。母亲力气小，自行车载两筐甜瓜，上不了村北的高桥，有几次喊我送她一下。其时，天蒙蒙亮，还没睡醒的我，跟着母亲的车子走了一程，上桥用力推一把，送过了桥，再返家睡个回笼觉。自己虽有一份懒气，却也知道了父母的艰辛。

夏日的早晨是辛苦一天的开始，黄昏则是忙碌一天后的轻松与喜悦，因此乡村夏夜星空下的晚餐特别让人怀念。那不仅仅是一家人的融合，也是与季节的融合，与天地的融合，于平凡的农家生活里孕育一种非凡的气象。

其实，我对吃向来不太感兴趣，却喜欢那般的夏日晚餐，不在意吃什么，而在于怎么吃，讲究的不是菜品，而是环境与氛围。也记得小时候，好客的爸爸常常挽留朋友吃顿便饭，顷刻间我就兴奋了起来，不是因为有了好菜，而是因为气氛热闹了。大概我们成长于一个并不饥饿的时代，却也没有条件奢望更多的美味，聚餐是一次精神上的满足。

既如此，无数次的聚餐深深印在记忆里的不是山珍海味，而是那一片大美的风景，那一位可亲的朋友，那一种值得留恋的气息。

今春，朋友小聚南通，选的是“梅林春晓”，一个绝美的地方。其位于马鞍山中段，从北坡拾级而上，茂林幽树间，一口气跨上数十步，便至山脊，眼前豁然开朗：江阔云低南风紧，船笛声声慢；亭雅阁秀暗香浮，人似临江仙。

“梅林春晓”临悬崖逼长江，最宜观江听涛。有人誉之为“天下望江第一楼”。早年求学时，我来过，那时未曾有饭店，只有茶室，不喝茶的，亦可呆坐此处聆听涛声。记得是太阳西斜时分，宽阔的江面上跃动了一片金光，让人眼花缭乱，幻想着天之涯海之角那一个温暖而光明的世界。耳旁传来阵阵潮声，由远至近，开初隐隐约约，宛如少女轻柔的歌唱；继而轰隆轰隆，则如战场上的号声鼓声；最终戛然而止，见崖底浪花四溅，碎玉飞扬，激荡在心间，而不远处波涛又起。

如今这个地方改成了喝酒聚餐的场所，虽则俗气了些，但一坐进临江的包厢，又怎能不感慨这大美的景象？傍晚时分，没有夕阳，也听不见涛声，却可见浊浪滔天，乱云飞渡，苍茫一片，顿起豪情。这样的晚餐，觥筹交错间，会让人想起人生的风云际会，仿佛开始了一段不平常的旅程。过后回味的亦不是江鲜，而是诗情画意。恰似欧阳修的自叹：“醉翁之意不在酒，在乎山水之间也。”

人生漫长，这样的聚餐能有几回？你不会在意席间的吃与喝，也不会在意朋友的聚与散，无关尘世的烦恼与喧嚣，无关人生的快乐与伤悲，而会牵动心灵深处的记忆，让人静静地感受一缕诗意飘逝于广阔的天地间，是失去，也是得到。

听 雨

初春，绵绵的雨，下得人无端地生出一丝烦恼来。恼什么呢？又说不清楚，像人生中无缘无故的一段情，不痛不痒地牵扯着你的神经。夜深人静，那滴答的雨声——雨滴打在了窗外的雨篷上、钢管上，又清清脆脆飘飘逸逸入我梦来。刹时没有了睡意，静卧细听，滴答的雨声像极了从从容容的钢琴，一个音符一个音符优雅地滴落，让人沉浸在一片静谧之中，冥想雨夜花开，如同肖邦的前奏曲《雨滴》渲染的美妙意境。

听雨，享受的是一份闲趣。现代的城市生活，眼花缭乱的节奏，挤压得大家喘不过气来。那年秋天，游丽江古城，见一家饭馆醒目地打出了一条广告语："免费发呆"，当时以为不过是个噱头。过后想想，如今的人忙于事务，谨记"寸金难买寸光阴"，哪舍得浪费时间去发呆？若一个人逍遥自在，品茗听雨，更像是神仙过的日子了。而这寂静的夜晚，没有了嘈杂，没有了纷扰，悦耳的雨声，让你毫无羁绊地融入这场春雨，融入这片淡淡的春的气息，那真是一场至纯至美的享受。

物随心转，境由心造，烦恼皆心生。凡人听雨，免不了生出些烦恼。记得上初中时，逢着周日夜雨，因了明晨要赶十多里的泥泞小道，躺在床上，听着淅淅沥沥的雨声，不禁愁上心头。不过那是少年心中的愁滋味，轻轻一抹，了无踪影。第二天清晨，听着广播里响起"啊莫愁，啊莫愁，劝君莫忧愁……"的柔美歌声，感慨不已，顿时鼓足勇气，翻身起早，走在了风雨路上。青春年少，风华正茂，听到的雨声多是激昂的进行曲，只盼暴风雨来得更猛烈些吧。但偶遇挫折，或许一下子又讨厌起淫雨霏霏的日子。刚工作一年多，乡下养病半年，逢着雨季，心情很是不爽，生活的天空仿佛愁云惨淡。那时爱听贝多芬的《第四钢琴协奏曲》，伴着雨声，听出了一种云开日出的感觉。

不觉人到中年，知足常乐，更多地有了一份听雨的闲适心情。只是烦恼还会如雨丝，偶尔调皮地钻入怀抱。妻子和几位有钱的朋友近来多了些交往，感言：原来一直挺满足的，一比较方知钱少。雨夜相谈，悟道：有钱与幸福并不画等号，朋友还羡慕我们的幸福指数高呢。其实许多珍贵的东西都是钱买不到的，譬如爱情、友谊、健康、快乐……还有，听雨的那份闲情。

古人也会听雨生愁。“帘外雨潺潺，春意阑珊……”南唐后主李煜夜卧听雨，因故国江山而愁。“悲欢离合总无情，一任阶前，点滴到天明。”南宋遗臣蒋捷暮年听雨僧庐下，因悲情人生而愁。“秋风秋雨愁煞人”，秋瑾被捕后狱中听雨，因民族前途而愁。如此比较，我辈若为名利而愁，实在羞煞人也。世人熙熙攘攘，皆为利来，不觉羞也罢，却也少了一份从容的心态，活着像是受累。纵情酒色，身能不累？追名逐利，心能不累？而一颗塞满了俗尘琐事的心，即使有工夫，如何听得出雨的韵味？

所以，听雨着实要有一颗空灵的心。“随风潜入夜，润物细无声。”杜甫听雨，像一位老农，为一场知时节的春雨欣喜不已，流露出一种最朴素最单纯的情感。“黄梅时节家家雨，青草池塘处处蛙。”赵师秀听雨，听出了一片清新的田园风情和一份难得的闲情逸致。“留得枯荷听雨声”，李商隐听雨，于肃杀秋意中听出了荷花的心事、自己的心语，清远而宁静，就连一向不喜欢李义山诗的多愁善感的林妹妹也偏爱这一句。

但问：何谓空灵？曰：纯净的透明，透明的含蓄。让人一眼看到你的内心，却又能够细细地品味。童年的记忆里，逢着下雨的时候，最喜在屋檐下或是屋内漏雨处置放脸盆水桶，叮叮咚咚盛接天雨水。雨声盈耳，宛如大珠小珠落玉盘，胜似天籁。雨下得愈欢，孩童的心愈是扑腾不已，直盼檐雨成水帘，自己快活做个美猴王。孩童的心便是一种空性——透明澄澈，不懂啥是苦滋味，苦中依然能作乐。但人总会长大，心灵总会受到程度不同的污染，故佛家劝言：时时勤拂拭，勿使惹尘埃。于凡人而言，最好保持一股灵气——轻盈玲珑，心灵没有利名牵役的担负。再去听雨，是要让那雨丝洗去心中的污物，洗出一种不以物喜、不以己悲的超然心态，洗出一颗冰清莹洁的灵魂。自然，要看各人的机缘与悟性了。

雨，依旧点点滴滴，濡湿了夜，融化了心，亦悄悄地叩响了春之门。

飞翔的梦

站立在高楼环抱的高架路上，我迷失了方向。

不知为什么，逃遁于陌生的街道，恶魔在后面狂追……看不清他的面孔，甚至也不见他的影子，恍如一块色影，青色的，忽而又变成了黄色的。那个色影紧追不舍，渐渐地近了，我的身子便缓缓地飘浮了起来，与两侧的楼房平行，一边仰泳似的飞，一边对望着恶魔。

但还是看不清恶魔，我也并非身轻如燕。这时一颗颗子弹向我飞来，我忽左忽右地躲避着，拼命地往高处飞，却仿佛挣脱不了这张城市的网，怎么也飞不高……

就在这时，我被妻子推醒了，还说我哭哭啼啼的，梦见了什么。迷迷糊糊中，不想多作解释，梦境却鲜明了起来。并不感觉害怕，只是好生奇怪，为什么飞起来了还是那么的忧惧？大概不论何时何地，每个人都有一张无形的网来罩着。

飞起来，应该是每一个孩子的梦想。小时候特别爱看飞机，每次听到轰隆隆的机声掠过，总会快步跑到屋外，仰望天空，循着声响，往前搜寻，灰色的机影穿梭在白云中，有时后面还会拖着一根粗粗的长长的白线，成为蓝天上绝美的风景。

小时候也羡慕鸟儿，自由而快乐地飞来飞去。记得是初夏，阴阴的天，“布谷、布谷”，鸟儿飞翔在收获了的田野的上空。那时的我陪祖父在地里干活，享受着这片空旷的风景，听着苍凉而辽远的叫声，好奇地问那是什么鸟儿。那就是布谷鸟，祖父告诉我，说着又专心地干着农活，却让我心里好生羡慕布谷鸟的自由飞翔。后来才知道，布谷鸟又名杜鹃。再后来，读到了“杜鹃声里斜阳暮”的词句，觉得好美，不由得扯起一段旅人愁思，也怀想起老去的祖父，以及童年里那片空阔的天空阔的地。

如今，父母也老了，住在城里的我常去乡下看望他们。也是一个夏收的季节，油菜籽收割了，蚕豆收割了，小麦正晾晒在水泥场地上，空气里弥漫着收获的喜悦。一只白猫和一只黑猫亲昵地在菜地里互相挠着痒儿，玩腻了便慵懒地躺在场边，眯着眼看你。两只燕子在堂屋里筑起了巢儿，叽叽啾啾地飞进飞出。

母亲向来讨厌猫儿，这一只白猫是邻家的，冲着鱼腥味而来，最后赖着不走了，母亲也就默认收养了。后来，又引得黑猫常来光顾，家里多了些生气。依着屋顶的日光灯，燕窝筑了两个，已有两三年了，燕子识故居，年年来，小燕子也生了好几个。为了那两对燕子，父母改变了作息时间，每夜要等燕子飞进了屋宿在了巢里才关门，第二天早上又早早起床开门，放飞燕子。

羡慕那看着燕子飞进飞出的生活，看得自己的心灵也飞翔了起来。对比一下，总觉得梦里的飞翔不踏实，天空也不明朗，倒不如乡村的画卷来得清新舒坦。第一次梦见飞过屋顶的时候，也是在童年，但片刻欢愉之后有了些害怕，就怕重重地摔下来。长大了这样的梦又会沾上忧郁的情绪，冲破不了灰蒙蒙的天。记忆里不多的梦中飞行好像从未心旷神怡过，如今的飞翔之梦已成惊悚片。

是不是至真至纯至高至美的风景总与孤独和恐惧同行？如同梦中的飞翔，这一极致的享受，却挣不脱那张无形的网，笼罩在深深的忧虑之中。

不由得想起形而上画派创始人基里科（1888 ～ 1978）的画，描绘了一个个神秘而忧郁的梦境，也是一个个孤寂的泛滥着乡愁的城市。

空寂无人的广场，圆拱门耸立，石膏人横卧；拱门的上方，时钟指向下午两点，无声的影子，不可思议的长；棕榈树唐突地点缀在远方，火车贴着地平线驶过，缥缈的白烟，是唯一的热情……这是基里科 1913 年作的油画《预言者的报酬》。

高高的月台，投下巨大的阴影；碉堡似的钟楼，好像凝固了时间；火车冒着白烟驶来，就要踏上征途了，站台上却没有一个人影……这是基里科 1914 年作的油画《蒙帕纳斯火车站》。

“一个人必须把世界上的一切描绘成一个谜，并居住在这世界里，如同居住在一个巨大陌生的博物馆中一样。”基里科说。

对于现代人而言，城市喧嚣时就是一个谜，沉寂时又如一个陌生的博物馆。正如城市的两面性：正面是天堂，背面是地狱。成功者，飞翔在欲望的天堂，挥之不去的名利之魔穷追不舍；失败者，独行在空寂的广场，不甘心地走进坟墓般的博物馆。

恍悟，飞翔的梦，其实是自由的梦。

现代的城市人，会在永远的乡愁里渴盼着一个飞翔的梦。

逝去的老家

一条老街，一头连着生气勃勃的往昔，一头伸向黯淡无光的未来。那缕静美的时光闪烁在残垣断壁处，总让人唏嘘不已，无端感慨起人生空寂来。

端午节，和妻子陪岳父母回了趟天补老街，寻找老家的一丝旧影。我眼里的破旧老屋，在他们的心里，昨日灵光一现，生动地讲述起老屋的渊源以及人世的沧桑来。

四十年了，当年的旧门市，如今成了一个五金小工场，老屋里零乱地堆放着铝型材。“这处是布料铺，这是食品柜……”岳父母的回忆，则在修复着供销社的辉煌岁月，那是小镇上最热闹的地方，也闪亮着他们的青春年华。后院里则杂草丛生，老屋更是破败不堪——屋顶漏了，山墙倒了，门窗坏了，甚至索性消失了，像是一个黑漆漆的洞口，吞没了生活中残存的一丝活力。跟着两位老人，走进老屋，空空如也，水泥地上零乱地洒落了些垃圾，温情的回忆却扑面而来。“这边放了一张床，廊下是烧饭的地方……”一间三十多平方米的老屋，足以让人想象当年的和美生活。

穿过运河上窄窄的水泥桥，则是另一半长长的老街，我们行走在了记忆的更深处。老宅院更破了，白墙黛瓦，错失了主人，默默地诉说荒芜的岁月，以及隐藏着光阴里的故事。自家的另一间老屋已经荡然无存，只剩下一口老井，挪开盖在上面的破木板，依旧是一汪清水，还能映照蓝天，这又让人生出一份欣喜。“夏日里，我们总是把瓜果浸在清凉的井水中，黄昏时分坐在井旁享受美味……”妻子还能想象童年里的快乐时光。

老街拐角处，一间小屋，脱落了石灰层，一块块红砖青砖错落有致，堆砌出一种沧桑之感。“这间老屋的主人姓赵，有两手绝活，一是会捉蛇，治蛇毒，凡是有人被蛇咬了，都会找到他，也是药到毒除。二是上鞋底，做工很好，就是手儿脏，上好的白鞋底会变成黑灰色的了。”岳父母的记忆则是鲜亮生动的，讲述中的老赵比那老屋更为别致。

走在老街，渐渐地有人张望着我们，再慢慢走近，打声招呼，好好端详一下，方才想起人名来，和年轻时的模样。紧靠着破败老屋的，或许是翻修了的“新屋”，主人还是当年的邻居，曾经进过城，年岁大了，又安心地回到了老街，过着清静的生活。岳父母和他们热烈地攀谈起来，一瞬间老街似乎又生动起来。末了问他们：“还搬到城里去不，和儿女一起住？”“回不去了。”老人叹了口气，“还是住在这老街的好，其他的地方去不了啦！”

是啊，对于垂垂老矣的老街人来说，这儿是他们永远的归宿；而对于我们这红尘中人，老街则是回不去的老家，也是一处正在逝去的风景。而世事往往就是那般无奈地挣扎着，予人一片无望的美丽。

顺着老街，清晰可见浮生静寂，所有琐碎的记忆一一苏醒了过来，微尘般地游动在记忆的深处，似一口深不见底的老井，映照着一小片儿天上的白云，那是生命的灵动一瞬，却又倏忽一下黯淡了下去。那老街，就如同褐色的长着青苔的老井，透出一股清凉，却怎么也还原不了一个绚丽的世界。

忽地明白：老街是用来怀念的，不是用来生活的。你静望着老街，那就是美丽的前尘往事；一旦融入其中，却又变成了残酷的现实。其实，我们现今的美好时光也正从指间一点点地流逝，什么都将逝去，又为何沉醉于过去的幻梦呢？这么想着，内心也就不再纠结，与其面对破败的老街感怀不已，不如就让老家封存于我们的记忆深处，永远保持一份生机。只要真诚怀想过去，坦然面向未来，那逝去的老家定会成为我们人生前行的不竭动力。

搬家记

想不到，又搬了一次家，而且是租房而居。住在一个有点陌生的家里，免不了生出一种不舍的情怀，一份对老家的想念。直到两个月后，难得的一个假日，儿子又吵闹着要回老家小住一夜。妻子有点犹豫：太累了，明天要加班呢。我坚决支持：少数服从多数。于是一家三口回了老家。儿子忙于作业，妻子早早入睡，我则安坐于电脑前，看着熟悉的一切，静夜里细品老家的味道，那一丝缱绻，一缕缠绵，在文字里恣意穿越。

其实我们并没有失去，那颗心为什么还会失落呢？

或许，当人生走过了一段路，需要细细回眸来时的风景，整理一下自己的心情，会发现那条路上除了重重叠叠的脚印，还有美丽的花儿草儿鸟儿歌儿，只是遗忘在了平时琐碎的生活中了，蓦然回首时人生有了许多的不舍。

搬家，为的是方便儿子上学。高中学习紧张，紧张到上学放学都需要争分夺秒。妻子有先见之明，暑假里中考分数一出来，就忙着去租房了，也拉了我看了两次房，六七十平方米的套房，简装修，基本的生活设施全了。不过都不太称心，再去过最初那种租房的日子，已不能想象了。不是我们太讲究生活，而是心里总惦着住惯的房子，那样的比较让心里的落差太大。

功夫不负有心人，在同事的介绍下，妻子结识了一户教师之家，女儿同样上高中，要到中学旁租房，自己的房子不忍空关着想租出去。自然开出了很多的条件：人品、修养、爱好、习惯……一句话，希望租给本本分分的人家，把自己的房子打理得井井有条。而有介绍人，也就多了份信任，因而看了一次房，基本上通过了他们的“审查”。

让我生出好感的是那套房子楼高窗明，视野开阔，可以好好欣赏外面的风景：绿水逶迤去，岸柳婆娑舞，宽阔的绿带两侧，整齐地排列着幢幢居民楼，再远处，高楼隐隐，斜晖脉脉。印象更深刻的是女主人自称的“小发明”：纱窗其实就是一层蓝纱，再用铁夹子夹在了窗沿上；椅子方凳脚都裹上了一层布，免得磨损了地板；阳台上的晾衣架用两竹竿拼接了起来，方便装卸……细看室内，简单而整洁，除了两张大床外，几乎没有什么家具，妻子好生奇怪，衣服被子都放到哪里去了。听了女主人介绍方才明白，他们不用挂衣橱，被橱衣橱合在了一起，靠着墙不太在意，床底下也是零碎东西收藏之所。最满意的是电视机只有一个，且是小小一块挂在了墙上，这会消减了儿子看电视的兴趣。果然，搬到新屋后，儿子对这台电视机也嘀咕了一阵子，惊奇得很。

那是一种简单的生活，简单得超出我们的想象。其实我们对生活也没有奢望，但在时光默默的流逝中，不经意间我们对生活有了许多的讲究，对这个城市有了许多的期许，简单的含义开始演变。直到我们见到这个陌生的家，才重新明白了简单的内涵。那不仅仅体现在家的布置上，更区别于生活的方式。一天到晚，那对夫妻过的是学校与家两点一线的生活，假期里也是忙着辅导女儿的学习。所以，十六岁女儿的眼睛是那么的清澈，对于陌生的客人充满了好奇与友善，纯净的微笑荡漾在青春的脸上。

妻子总觉得新家太简陋了，忙了半个月，添置了几件家具，一张两门挂衣橱，清漆原色，好衣服总要挂上的；一张红色长条桌，便于儿子堆书做作业。搬家，则从城市的西南角到东北角来来回回跑了好几次，自然让心细的妻子操劳着，惹得她埋怨不已：好像是一个人的事。其实不是我懒，而是还没有做好搬家的心理准备。当然这样的理由是经不起妻子的推敲的，也就不用申辩了。儿子也对搬家不是太积极，因为要好好享受这个暑假呢。

而等搬到新家后，对老家的思念成了一条割不断的尾巴。

一个微醉的夜晚，回了趟老家，拿些东西，更想独自重温一下老家的感觉。一个人躺在床上，听一听过去的CD，翻一翻曾经的爱书，不知不觉泪眼已蒙眬：曾经和儿子的快乐嬉戏，曾经和妻子的赌气争辩，曾经为儿子的学习而忧心忡忡，曾经为美好未来而兴奋难眠……生活的酸甜苦辣一下子全浮现在了眼前，能不让人感怀不已？

手机铃响，妻子问我在哪，我说在老家。妻子说怎么回老家去了，我说想你呀。“想我，怎么不到新家里来。”妻子更惊奇了。是呵，难道爱的是记忆而不是现实？非也，而是爱回忆从前的人才更懂得珍惜现在。这一个夜晚，我只是想一个人梳理下家的过去，回忆人生片刻的美好，那是在老家生活的日子里一直被我们忽略了的。

其实，那种对老家浅浅的思念每个人都沾染上了。妻子常说新家寂寞，刚搬了家，每天要我早点回来陪陪她。儿子说新家太冷清了——冷清什么，楼下的汽车照样停得没有车位了。刚开始，儿子在这个新家定不下心，干不了什么事，常盼着爸爸妈妈早点回来，说在老家干同样的事心里就舒服。逢着假日，儿子总要说到老家去看一看。在新家与老家间，我们也总有个比较。新家的风景好，儿子说像是住在公园里了，只是这么好的景色还是打动不了他的心。搬到新家不久，正好遇上大风，楼层又高，阴风怒号，从窗户的缝隙里钻进来的风老虎，呼呼叫了一晚。第二天，正逢假日回老家住，风止，小区一片清宁，相伴入眠的是秋虫呢喃，婉转清越，好温馨的一个梦呀。所以，儿子说：还是这里好。

每次离开老家时，粗心惯了的儿子总要上上下下检查一番，窗户有没有拉好，液化气关了没有，抽水马桶会否漏水。对于老家，儿子也似乎有了一种更深的感情。

虽然对老家有千般的不舍，但在一天天的忙碌中渐渐适应了新的生活，习惯于享受新家新环境的些许美丽与快乐。

周日，不堪楼上装修的吵闹声，出门漫步于那条弯弯曲曲的河边，静享一片美好时光。秋高气爽，风舞垂柳，丽日下，风乍起，吹皱一河绿水，掀起片片银鳞，迅速扩散开来，传递到河的另一面，犹如银蛇狂舞，游动于美丽的瞬间。而我不禁惊喜于这一发现了，这也是搬家带来的享受吧——环境之美。

刚搬来不久，楼梯上顺便打扫了两下，我下楼去多捡拾了两张废纸，就赢得了邻居热情的道谢。楼上装修，虽然带来了吵闹声，却也给了我们意外之喜：一日，他家修理太阳能热水器，顺带着修好了我家热水器的毛病。这和睦的邻里关系也让新家增添了一份和谐之美。

更多的日子里，最美妙的一刻是闲坐于餐厅，喝一杯茶，眺望窗外渐渐西沉的太阳，或是夜幕下的万家灯火，享受一份清宁之美。这是归家的时刻，我却可以静静地享受着家的安宁，看夕阳洒落了城市的热情，看灯火璀璨了城市的夜色……无须诘问日暮乡关何处是，也无须感叹风雪夜归人，无论这座房子是我的，还是他人的，只要我们安静地生活在这里，这就是我可爱的家。

脑海里闪过疾驶在高速路上的一幕：那一夜出差归来，从虹桥机场出发往自己的城市赶，高架路上张望着那个硕大无比的城市，幢幢高楼家家灯火缀亮了夜上海，繁华而又陌生。忽地生出了一种流浪的感觉，像是生命漫无目的地漂泊在城市的海洋，炫目的光亮幻化成了一个累字。只是因为，这里不是我的家。

又想起年轻时租到了房子的夜晚，穿行于城市的小巷，漫步在幽暗的灯光下，又累又饿的我，仅仅因为租到了蜗居之所而欣喜不已，虽然那不是我的房屋，虽然不过是陋室一间，却让我安静地驻足于城市的海洋，温柔的灯光点亮了前行的希望。只是因为，我有我的家。

所以，人对城市，最幸福也最感怀的时刻便是：在城市的车流中张望着自己的家，或是在家中的阳台上凝望着城市的灯火。

一种是对家的向往；

一种是对城市的眷恋；

这是一个人前进的信念与动力，人生也因此而充实、美好。

老家王鲍

每次踏上王鲍老家的土地，就会感觉了一份厚实，虽然来来回回眼前的风景飘飞而过，但印在脑海里的则是一幅充满乡土气息的优雅画卷，时光漂洗出了斑驳的色彩，也给这幅画涂抹上了缕缕诗意。

王鲍是一个富于传说的地方，传说源于昔日的辉煌，于我，也源于童年的想象。生于斯，长于斯，耳濡目染多了，对这块土地总是充满了神秘而美好的想象。

老家新桥镇，久隆镇西南十四里。小时候感觉偏僻得很，过着简单的日子，静静地看着田野里一片片绿了，又黄了，播种着，又丰收了。安详的画面是夕阳西下时，祖父搬了一只小矮凳，坐在了门口，用布细心地将一件件沾着泥土的农具擦拭得干干净净，锃亮锃亮。祖父年轻时就是一个传说，一顿能吃一筲箕饭，干起活来力大如牛，虽无文化，后来却闯荡上海滩数十年……

追溯老家的记忆，甚至还能想象沈复《浮生六记》里描述的永泰沙风景来："新涨初辟，尚无街市。茫茫芦荻，绝少人烟，仅有同业丁氏仓库数十椽，四面掘沟河，筑堤栽柳绕于外……风雨晦明，恍同太古。卧床外瞩即睹洪涛，枕畔潮声如鸣金鼓。"《浮生六记》是最早一篇记载启东的作品，其中的永泰沙就是后来的久隆镇，恍如一个世外桃源，却是沙地人围滩垦荒的生动传说。

站立于启东第一桥，记忆的闸门又打开。眼前的老桥幻化成童年的等待。离老家最近的大镇就是二厂镇了，小时候常常站立在第一桥对面的公路边上，等待班次不多的公共汽车，向往的是外面的世界。老辈人的讲述中，二厂是一个繁华的地方，一个辉煌的传说，却毁在了日军飞机的轰炸下……述及此事，必扼腕叹息。"启东第一桥，施秉瑜督造，民国十七年，启东县、大生厂合建。"今日尚存的启东第一桥，映照的是大生二厂远去的辉煌，油然而生的是对清末实业家张謇以及艰辛创业的沙地先人的崇敬之情。

王鲍，一个镇名就是一个传说。王澄、鲍志椿，东南警卫团的两虎，启东人心中的英雄。1938 年春，日本侵略军蹂躏启东，任职于久隆镇防空监视哨所的王澄目睹惨状，愤然参加瞿犊领导的抗日义勇军，稍后随队在石陀港、久隆镇袭击日军，取得了启东抗战第一胜。五年后，团长王澄、政委鲍志椿率领的东南警卫团纵横启海地区，掀起了声势浩大的反“清乡”斗争，日伪军闻之胆寒……位于聚星镇南的王鲍烈士纪念馆，苍松翠柏掩映，静穆伫立，对着西斜的太阳，瞻仰两位烈士的雕像，耳边回响着隐约的枪炮声，仿佛穿梭在了烽火岁月，顿生一股革命豪情，却又颇多感慨：出师未捷身先死，长使英雄泪满襟。

硝烟散去，老家王鲍日新月异。从宁启高速大生出口向北，不过四五里，但见一个冠名“建群”的村庄，一个让人惊艳的“最美乡村”。农家宅前屋后，种的不是蔬菜瓜果，而是花草树木，青翠葱郁，怡人性情。沈老伯的小楼东侧，泯沟碧波轻漾，水面睡莲簇拥，隔岸茉莉飘香；西侧辟有半亩见方的后花园，修竹清风，红枫映日，别具一番韵味。最为主人欣赏的是几株黄杨，虬枝曲干，婀娜多姿，岁历风霜久，时沾雨露浓。不知那黄杨沾了沈老伯几多心血几多汗水，又给他的生活带来了几多欢欣。

老家王鲍，诗意栖居从传说变为了现实。身在俗尘的我，定会牵系老家，无论时间多久，总想再看一眼熟悉的风景，即使老去的时候，一定还会触动心弦。在这片故土上，青春的思绪蓬勃依旧，飘飞的诗意绽放永远。

老街魅影

漫步在曹家镇的老街，恰是黄昏时分。不知是特意安排，还是一种巧合，似要让我们体验一种斜阳草暮的怅惘情怀：向着太阳落山的方向，走进孤单落寞的生活，打捞暮色泛起的往事，尘封的记忆幻变成历史的魅影……

老街，其实也算不得风景，不足两米宽的石板街——细看脚下的石板则是水泥板，替代了早已破损不堪的青石板——两侧一律是低矮破旧的老屋，石灰脱落的白墙露出几排青砖，映现了时光的老去；偶见红漆剥落的廊柱、古旧雅致的门窗，掠眼而过的也是一种零乱的生活。背着时代远去的老街，居民寥寥，暮霭沉沉，想来也并不讨人喜欢，一位老太指着当年的红楼摇头笑语："那呒啥稀奇的，现在谁愿意住这样的房子，大家都搬出去住新楼了。"

但这老街很长，确切地说，是由建设、中心、建生、新民四条老街相接而成，足有三里长，印证着当年的繁华与荣光：时光倒转一百年，曹家镇水陆交通便捷，街道店铺林立，南北杂货，川流不息，镇中心有管记糕点食品店，西市梢有徐合记油榨坊，东市梢有郁记竹木材行……繁华易逝，转眼成空，如今能让人忆起往昔辉煌的则是老街西首的石桥——寿丰桥，那是我们曹家镇之行的终点，关于沙地的历史想象却以此为起点。

从寿丰石桥走进历史，沙地人油然而生一种自豪感。石桥长十八米、宽四米，两侧桥栏立有七根望柱（当年应当是八根吧），柱头上雕有神态各异的小石狮，张牙舞爪，隐约狮吼。出资修建此桥的是曹家镇开明士绅郁芑生，20世纪20年代他先后建起11座寿丰桥，大大改善了乡间交通，曹家镇老街西首的这座桥是第五条。如今，凝望着这座还在通行的石桥，定会想起沙地精英郁芑生的风云人生。为清末状元、实业家张謇所器重，郁芑生先后两次出使英国购买纺织机器，以一口流利的英语赢得了英商的敬重，购机谈判圆满成功；之后，他担任“大生机器公司”经理及大生纱厂厂务，支持张謇实业救国，卸职回乡后则热心于慈善事业，建医院，办学校，修路筑桥，扶助孤贫残者。这样一位具有仁爱思想的先贤，足以让我们启东这一方新土的历史变得厚重且温润起来。

老街中央有一座“红楼”，砖木结构的老屋，带有阁楼走廊。那应当是与寿丰桥建造于相同的时代，或者更早。如今不起眼的小阁楼，当年可算是老街上的地标建筑了。1925 年，就读于一所上海大学的曹家镇青年严大里回到了家乡，联络了一批进步学生和青年教师，成立了青年协会，经常聚会于这栋小阁楼上，传阅《共产党宣言》《新青年》《向导》等进步书刊，播下了革命火种——“红楼”一词大约由因此而生的红色精神而得名吧。此后的曹家镇风起云涌，建立了启东第一个党支部，发起了启东第一场农民运动……奋起抗争的仁人志士总会让沙地人心生敬仰，风云激荡的革命历史则会让沙地人热血沸腾。启吾东疆的历史不仅仅是围海造田、牧渔垦荒，更是开拓了一条通向希望彼岸的光明大道。

老街往东里把路，矗立着一座哥特式教堂，尖塔高耸，顶上十字架直刺蓝天，外墙立面红砖青砖相间，雕有玫瑰、梅花之形，加上尖拱门窗，整座教堂就像一尊极其精巧的雕塑。走进教堂内，交叉肋拱构成骨架，顶窗阳光洒落，会把人的心灵引向无限；眼前一亮的是两侧一扇扇彩色玻璃窗画，绘上色彩绚丽的各式圣者，让人油然而生一种明澈而庄严的情怀。这座教堂名为德肋撒堂，是国内唯一奉圣女小德肋撒为主保的“全大赦”堂，由郁芑生长子郁震东出资并邀请德国人设计建造，以完成乃父遗愿。1934 年 1 月 18 日，圣教会首批华籍主教朱开敏主持德肋撒堂落成典礼，其被罗马教皇亲自册封，为当时中国第六大教堂，也是我国天主教文化发源地之一。而这样一座教堂当年选址于曹家镇，不正体现了沙地人开放的视野与包容的胸怀？

曹家镇堂先后被占为粮站、礼堂和水泥厂，一度遭到严重破坏，如今则已修葺一新。望着这座重放光彩的德肋撒堂，我们又都议论起老街、石桥的修复与保护，想象着某一天那条老街惊艳于我们的眼前。也许那很遥远，也许永远等不到那一天。但我们明白，修复老建筑，不是为了留住昨日的繁华，而是要留住沙地人的根，记住我们的乡愁。现代人的浮华生活里，需要这样的精神装点，就像在曹家镇的老街魅影里所读到的仁爱、奋争、包容……愿这样的思想碎片一点点融入我们的记忆，乃至灵魂。

圆陀角，梦开始的地方

在高高的楼上，面朝大海，蒙着黑夜的一层纱。悄悄地，东方泛白，霞光四射，一轮红日挣脱汹涌的浪花，于茫茫的海上喷薄而出，深蓝的海面跃动一片金色。新的一天就这样来临，屋子里照进一缕温暖的阳光……你醒了，梦却开始了！

站在恒大威尼斯的海景酒店前，面向碧海银沙，我做着这样一个庸常而又暖人的梦。不由得暗笑自己，到底是内心的不满足，还是诗意的残存？只是来到了这里，谁不生这样的妄念？圆陀角，那是梦开始的地方。

是啊，圆陀角，这个江与海交汇的地方，这个不断幻变的地方，对于来自远方的游客来说，或许是浮华一梦，但对于生于斯长于斯的启东人来说，却孕育了一个真实的梦，见证着沧海桑田的变迁。

在老旧的圆陀角风景区，已不见浩渺江海，“万里长江到此入海”——江海堤防达标工程纪念碑真正地成为了纪念，高大的大禹像旁正在建设几幢更为高大的楼，一条宽阔的公路穿过这片景区。这是一幅并不和谐的画面，但我相信，这是变化中的不和谐。应在不久的将来，这里的风景又会让人眼前一亮。

其实，这座纪念碑，这尊大禹像，矗起的时间也不长，还不满二十年。在我年轻的记忆里，印象深刻的是一次台风过后，一群农民挥锹铲土，紧张地修复溃决的江堤。当时，圆陀角附近，乃至整个启东的江堤海堤大多是土堤。而经历了这次洪灾，启东人实施了一项浩大工程，百里江海堤防，砌石护坡绵长，水泥挡浪墙蜿蜒，堤顶公路贯穿……大禹像也随之耸立了起来。多少年来，我们寄予了这尊塑像太深的内涵，台风一次次擦肩而过，启东变成了一块风水宝地。而我知道，那要归功于固若金汤的江海堤防，归功于善于治水的启东大禹。

风调雨顺，五谷丰登，这是人们最简朴的一个梦。但在圆陀角，总会有更多的期待，更多的惊喜。

黄金海滩，这个富有诗意的名字，诞生的时间也不过十多年吧。来到这里，只要天气还暖和，你总会忍不住脱下鞋子，光着脚丫，蹚在海水中，跳一下海上迪斯科——厚实的铁板沙上，两脚交叉用力地踩下去，再稍稍往后退，不一会儿，浅滩上冒出了一只只斑斓的文蛤，那是怎样一幅令人欣喜的画面呢？回望岸边，一座座银白的风车不紧不慢地迎风转动着巨大的叶片；近看身旁，一辆牛车以悠闲的节奏，载着人们缓缓行驶在海滩上，荡起一片欢乐的笑声；远眺水天相接处，一顶色彩鲜艳的风筝快速地移动，那是勇敢的人儿在浪尖上嬉戏——短短数年，黄金海滩已经成为国内风筝冲浪的胜地。

很难想象，多年以前这里还是一片寂静的潮涨潮落的地方，间或有辛勤劳作拾贝拣螺的人们。可如今，这里绘就了一幅充满诗意的画面，迎来了四方游客，并给予他们一个富有激情的梦。

更为神奇的变化是恒大海上威尼斯，海市蜃楼般地崛起了一座花园新城，还圈起了一大块海，成就了启东人的一个蓝海梦。站在碧海银沙外围的海堤上，夕阳下西望海上威尼斯，大海翻涌起金色的波浪，像是环抱着一座海上仙岛，一个神秘城堡。听得见一种恢弘的声响，恍如伯恩斯坦的《豪勇七蛟龙》，隐隐约约召唤我们，去向往一个金碧辉煌的地方。就算是一场豪奢的梦境，心里却并不会感到虚幻，更不会卑微，因为我们生长在这片土地上，是生活的见证者，也是创造者。

这就是圆陀角，我们从未见过的圆陀角，甚至是从未想象过的圆陀角。在这里，还有什么奇迹不会发生？

来吧，到圆陀角，开始你的绮丽的梦！

印象沙地

这一个春天，人民桥畔的烽火楼悄然耸立了起来，白墙黑瓦，花格木窗，两层小楼在烂漫樱花的映衬下分外靓丽。这座烽火楼曾是汇龙镇的制高点，当年号称“启东第一楼”，用作消防站，站在楼上可以看清楚整个镇区哪儿有火警。10多年前，烽火楼消失于城市大建设的浪潮中，其实也并不碍着谁，在街道旁孤独地屹立多年，无人光顾，甚至无人注目，终于也就拆了，大概过于破旧有碍市容吧。却有多情之人，待这烽火楼拆了之后，作了油画挂在了一家酒店的厅堂里，以给这个城市留下一点模糊的印记。而今，又不知在谁的建议下，终于又重建起这座烽火楼来，让我们得以真实而立体地感知往昔的沙地印象。

许多事和物总是等我们失去了之后才知道珍贵，当年拥有的时候并不觉得美丽，或许也是一种芜乱的生活，却在记忆之河的漂洗下，泛涌起朵朵轻盈的浪花，映射出七彩的光芒。沙地人的生活是简朴而艰辛的，从江南迁徙而来，没有祖上的厚厚积淀，只靠自己勤劳的双手一点点创造财富。百年前的汇龙镇并不见得富足，当年的烽火楼也并不富丽堂皇，不过是一栋极其普通的瞭望楼，俯视着矮矮一大片民房。如今它却摇身变作这座繁华城市的美丽装点，成为温暖沙地人心灵的记忆碎片。

也是在这一个春天，城市东郊忽地崛起了一座文化休闲园，直接取名为“印象·沙地”，惹得我心生感慨，这个名字勾起了沙地人一种难以言说的情愫——关于沙地的印象一直缥缈于沙地人的想象中，早已是看不见摸不着，重构印象沙地，就是要拾起记忆碎片，拼接成一大块完美的印象派画卷，这也应算是一种创作吧。

“印象·沙地”由生态农庄改造而成，去年秋天动工，朋友向阳兄邀我去作客，说是出出点子，如何添加些沙地文化的元素。惭愧得很，我是毫无贡献，沙地的风俗只是一片个人化的零碎而模糊的记忆，想说而说不出来。朋友却是认真的，事必躬亲，设计改造这个农庄，还特地淘了一批名优树木、艺术石雕来，点缀于园内。其时，文化休闲园的格局已定，雏形初现，大大的四合院却还没有改造，总体上依然有一种荒芜之感。不想冬去春来，早已变成一派欣欣向荣的气象。

远离了城市的高楼与喧嚣，回归于乡野的空旷与宁静，白墙、黛瓦、苏窗、马头墙，交相融汇成具有皖风苏韵的“印象·沙地”。暖阳里，春的气息穿越静静矗立的石牌坊，飘过古典风格的院落，荡漾在形似双眼的镜湖之上，予人一片旷荡的情怀。沙地的文化元素则体现于细节之上，游走于厅堂回廊间，便会发现一个个熟悉的名字，联想起一片片熟悉的风景。望江亭、望海亭——让人想象江阔海远，一览江风海韵；环洞舍——是用芦菲涂油而制成，闪回沙地人牧渔垦荒的过往生活；苏启二号——一座船形的小厅，恍惚传来高亢嘹亮的出海渔号，岸边渔家姑娘的靓影浮现在眼前。墙上，可见启东民间画师创作的一幅幅风俗画：推路车、削水片、捉老太婆、做圆子、卖糖人；或是逗趣的“乌女婿”系列故事：三女婿作诗、戏言丈母娘……让人回味无穷，又若有所思，仿佛回到了清新欢快的童年。孩提时代的我们不正是在河边尽情玩耍削水片，比谁削的碎瓦片在水面上起落的次数多且漂得远？馋嘴的我们不正是垂涎着妈妈手中揉搓的圆子，流连在陌生的卖糖人的摊前，而又在老爷爷讲述的沙地故事中开怀大笑？

简朴而富诗意的沙地生活，早已成为一道远去的生动风景，我们不必感伤，但一定要记住一缕乡愁。朋友倾心打造“印象·沙地”的初衷，想来也是如此吧。而在那文化休闲园中，一座沙地建筑风格的小小院落正在建设中，一个沙地民俗博物馆即将落成。不久的将来，印象沙地的画卷会在这里更真切地铺呈开来，生活在繁华城市中的沙地人，可以挽着乡愁，徐徐回到精神的原乡。

语丝

一

是好人还是坏人，这是对一个人本真的评价，却是很难做出的一个评价。是强者还是弱者，这是对一个人功利的评价，倒是很容易做出的一个评价。现代社会拉开了强者与弱者的距离，却模糊了好人与坏人的界线。背后说一个人是好人，其实说他是一个弱者；说一个人是坏人，在社会上他很可能是一个风光的强者。当面说一个人是好人，其实承认他是一个强者；说一个人是强者，内心里或许会闪过一个问题：他是不是一个好人？但不会去深思，没有时间也没有必要。

因此，现代人关注的是自己在别人心中是不是一个强者，而懒得去审视一下自己是不是一个好人。

二

当你看到某人历尽辛酸功成名就的时候，你是否坚定了人生的目标，默默地一步一步地奋力攀登。当你看到某人一夜暴富一举成名的时候，你是否又动摇了人生的方向，偷偷地一次一次地投机取巧。

但你肯定会在内心思考过：成功的法则到底是什么，踏实苦干还是守候机遇？其实，两者不可或缺。就像在足球赛中，奋力拼抢，会积累优势；精准射门，则奠定胜势。人生的征途上，不去苦干实干，成功的梦想只能化为泡影。而抓不住机遇，就永远找不到打开成功之门的钥匙。

三

背信弃义，是某些人的生存逻辑，但你可以看作是他的无奈之举，这叫难得糊涂。背后一套，是某些人的做人准则，但你不必去打听他说了什么做了什么，这叫难得清静。你把握不住别人复杂的心灵，但可以让自己的思想变得纯洁而深邃，让自己的胸怀变得坦诚而宽广。也只有这样，才能使你拥有更多朋友，使自己少去许多烦恼。

四

人生中的竞争，只有貌似公平的游戏规则，而不会在同一分同一秒同一起跑线上展开。纠缠于规则是否公平，只会使自己失去良好的竞争心态；迷信于规则的公平，只会让自己错失超越他人的良机，

不要幻想绝对的平等，要在顽强的竞争中让不公平的世界在你面前低头。

情感中的交易，只有无限接近的相对公平，不可能做到毫厘不差。奢求相等的爱，就永远遇不到真正的爱情；索取对等的友谊，就永远交不到知心的朋友；计较平等的付出，就永远得不到别人的尊重。

付出，不要渴望对方的回报。心甘情愿的付出才会给自己留下一份坦然，而绝不是那笔自以为公平的交易。

五

一个人的幸福感源自梦想的实现和由此带来的满足。所以，幸福感的强弱并不是按照富裕与贫穷来划分的，而是看你的梦想实现了多少。没有梦想，没有生活的希望，就没有幸福感，没有人生的朝气。

一个人的幸福感有高尚与卑下之分。那些为他人服务与奉献的梦想，所产生的幸福感是高尚的纯洁的，为人所尊崇。那些疯狂追逐着金钱、权力、美女的梦想，所产生的幸福感则是卑下的庸俗的。

知足常乐，那份生活中的幸福感不一定高尚，但这种朴实的人生观可以让我们的生活纯净些，让我们的心灵坦然些。

六

朋友不要太多，关键是要有一两个知心的人。试想许多自己不喜欢的人成为“朋友”，整天围绕在身边，你不感到心烦吗？而当你遇到困难需要帮助的时候，那帮“朋友”又轰的一下做鸟兽散了，留下你一个人在那边愁眉苦脸。

那些“朋友”能带给你什么呢？无非是一份虚情假意，满足你的虚荣心和玩乐心。只有那些品德高尚、心地纯洁的知心朋友，在你欢乐的时候，他会与你分享；在你忧愁的时候，他会为你分担。他们不一定天天陪你，但他的人格会滋润你的心灵。

七

世界是不公平的，人的财富有多寡，地位有尊卑，学问有高低，能力有强弱……

但上帝是公平的，每个生活在尘世的人都有烦恼和忧愁，都有快乐和幸福。

要相信，在你拥有的同时，也在失去什么；在你失落的同时，也会有所收获。

八

人生像是一个奇妙的圆，往往给人错觉：终点又回到起点。但那个起点只存于旅人的想象与渴盼中。

慨叹“人在江湖身不由己”的时候，你已发现，拥有的越多，担负与累赘也就越多，得到的越少，人生的包袱也就越轻。所以，自由自在的童年成了倦客美丽而又虚幻的向往。

慨叹“当时只道是寻常”的时候，你会明白，最是平常的东西最难得到，却是记忆中刻骨铭心的一页。譬如赌书泼茶，譬如闲听落花，可是当初你珍惜了没有？

人生没有你想象的那么长，也没有你感觉的那么累，好好去品读！

九

当身处逆境找不到方向的时候，很多人只是听从命运的安排。

其实，机会是要靠自己去争取的。改变命运，首先得自己去努力，可许多人碰壁了一两次往往就放弃了。

坚持诚可贵，但坚持有的时候又很可笑。这就得看你为了什么而坚持，又是在怎样的环境下。入世也好，出世也好，最重要的是内在的沉静与外在的优雅。否则，留给他人的都只是一个庸俗的背影，钻营中的得意与沉沦中的牢骚，人家都是不屑一顾的。

唯一的办法，就让淡雅和纯美作为自己的追求吧。

十

天下的书是读不完的，因为你要以读书去谋生。读读读，书中自有黄金屋，读读读，书中自有颜如玉。可这样的读书也往往成了一种受罪。

天下的书又是读得完的，因为要阅读的是那颗心。遇到不好的书，弃之如敝履；遇到了好书，又舍不得读；遇到了知己，可以在冥冥中对话，以心传心，何用读书？

十一

日常生活总是太琐碎了，被分割成一个个碎片，让人忘记了为什么出发，终点又在哪里。

所以，人要懂得享受生活。

许多时候，人只会在意和欣赏远处的风景。就像喜欢的古镇一样，却不知道住久了是否也会感到寂寞和单调。

人是为一颗心而活的，只要满足了基本的衣食住行，物质上的多寡并不影响生活的质量。关键是心灵的感受如何，能否从平淡的生活中品出一股特别的味道。

当然，沉溺于恬淡的家庭生活，也会消磨人追求的意志。所以，人更要从物质的满足中感受精神上的不满足。精神上轻易满足了会失去激情，一个人最理想的状态是精神追求的永不满足。

知足常乐，指的是物质上的。古人云，智者乐水，仁者乐山，文人士大夫精神上不满足了便寄情于山水，其实是永远的不满足。

十二

生活中，我们往往只能讲述故事，而不能讲述感情。

好比我们只能留下记忆，而不能留下光阴。

感情的真与假、浓与淡、热与冷，大多是只能意会，不能言传。因为，心灵是不用言语就可以抵达的彼岸。

海誓山盟都会烟消云散，还有什么能让我们相信流逝的感情？

然而，能在喧嚣的生活中清晰照见昨日澄澈的心湖，那便是永恒的美好。

岁月会蒙上尘埃，美好的记忆只会越发澄明。

十三

世上没有圣人，是人就有欲望。

爱是永恒的，也是最感人、最温暖的力量。男人和女人之间，真正让人怀念的是爱，而不是别的。

即使是性，也应是爱的一种媒介，而不是爱的目的。

古之君子，思想和行为止于欲望，他们都会苦练慎独之功。其心灵是自由的，行为是受约束的。

现代人不明白的是：忠于内心，活得才自在。自由地生活就是一种简单的幸福。

十四

爱是一种美丽而亲切的情感，不要亵渎，也不要神话它。

海誓山盟总是恋人最爱听的语言，但也会成为男人和女人的情感毒药。

花前月下总是恋人最圣洁的向往，但也会成为镜中花水中月的虚空。

男人与女人的爱恋，尊重理解是前提，让对方幸福是目标，更重要的是激发出一种诗意而美好的情感，滋润着我们平平常常的生活。

拥有不等于占有。有时候，相视一笑也是一种幸福，只需要心心相印，何必一定要相濡以沫。

想来，爱情不经过婚姻也可以变成亲情，男和女，又何必非得要相忘于江湖，人生就不能承载这份美好的记忆。

十五

有时候觉得，这个世界有着太多的美丽，可是我们无法留住。

就像在路上的相逢一刻，相视一笑，也随着那缕时光飘逝了。以为那个人一直离你很近，却不知道一天天在走远……

时间就是那么的神奇，有时就生生地为你的生活画出了一道界线。曾经是生命里重要的一部分却转瞬即逝，再也无法触及。

我们会在生活中发现明天的美好，但有些美好注定在昨天。对此，欣喜还是遗憾呢？

当然，只要浪漫的情怀还在，重拾一份美好也不是无法实现……宁静生活里的一些想象，或是向往，也会成为美丽的记忆。

就让这些记忆沉淀在心底，留住一份美好。

寻梦江南

小桥，流水；烟雨，折柳。

温柔的女子，寂寞的楼台；画船流连，琴声飘零……

江南，千百年来饱蘸了多少文人士子暧昧的想象。一转身，却又抖落繁华，沉淀为历史的沧桑。

穿行于古镇的柳烟，寻梦——

寻觅那一个洗尽铅华的梦，寻觅那一抹梦中飘飞的诗意。

浮华西塘

车到西塘，夜已淹没了这个古镇，让人看不清她的真实面容。熙熙攘攘的人流里，跟着接客的店主，穿过一条百米长、两尺来宽的小巷，顿时融入了这个古色古香的小镇。像是穿越了一个时代，一下子远离了车如水马如龙的现代都市，映入眼帘的则是条青石板街，花窗格、马头墙，相对而立的两层小楼，斑斑驳驳诉尽古镇的风风雨雨恩恩怨怨。

西园雅居，好雅致的名字，这是我们今夜的住处了。一间临河，亲水楼台，一眼望尽西塘的古韵，雕花大床，老旧茶几，更把人拉回了遥远的年代。另两间宿舍在街的另一侧，一个小小的四合院里，吱呀呀地踩着木梯上楼，临窗一望，但见假山古松，凉亭水池，一个小巧的园林，店主说，那便是西园了，地主大宅院，时代久远着哩。一查方知：明代朱氏别业，诗人柳亚子来过西塘，曾住西园。

折入人流，走一回老街，悠闲地看着林立的店铺热情的叫卖。我们的脚步留在了“明清食代”，好好享用一顿美餐。店里的伙计嫌来迟了，点菜时多少有点不耐烦，厨师更是嘀咕不已。不管这些了，我们依旧一副好心情，抢着临河的长椅坐上靠着，细细地品味这老街的风韵。右转，一座拱桥贴在眼前，带着灯光，映在水中围成一个圆，晃晃悠悠，朦胧一片。左转，一串串红灯笼沉影河中，静静地勾勒出老街的模样，抛却了黑压压的人群，将古镇鲜明地分隔成了两个世界。

吵闹的是隔壁的酒吧，吼着都市情歌，掌声、喝彩声、欢笑声此起彼伏，却苦了我们，心想要是换成苏州评弹——清丽的琵琶、圆润的唱腔，那该多好呵。邻桌的一男一女，相谈甚欢，让人猜测着一场艳遇——人群中多看一眼衍生的传奇。刹时感觉，古镇空有一张古老的面孔，骨子里早已是现代人赤裸裸的欲望。

于是，没有了逛街泡吧的情趣，返回旅舍，临河静坐，品茗畅叙，可有情调多了。一弯新月挂在空中，渐渐地由迷蒙转而清澈，旁边闪着两颗小星星。因了这一弯新月——城里人不易察觉的新月，古镇似乎又变得纯净了许多。河对岸是热闹的街市、穿梭的人流，但热闹是他们的，一条十来米宽的河轻易地隔开了尘世的喧嚣，给了我们一个幽邃的空间，静静地回看历史的风云，愿意的话也可聊上几句，默默地体会现实的自由。微风吹拂着河面，飘来了几盏许愿灯，一时激起了大家的兴致，从房间里找出莲花灯、心形灯，走下台阶，点上烛光，轻声许愿，放灯远航，心也跟着清波摇曳了起来，漾出一片悠悠的情怀。

对岸噼里啪啦传来上门板的声音，一间间店铺关门打烊了。席散，朋友回房间去休息。不过两三分钟，又唤我至街上，共享夜宵。香豆腐、臭豆腐，田螺肉串，广式点心，香飘老街。一位顾客流连在摊点前，对着老板娘说："去年冬天我还来过，吃了两碗呢！"听那兴奋的口气，定是勾起了一份美好的回忆，关于古镇，关于远方，或许也关于爱情。我们离开的时候，头发花白的老板娘同样热情地回应着："明早再来呵！"朴素的一句话让我们这群匆匆的过客顿时感觉了古镇的亲近。

再回宿舍，打开锁，轻轻地移开老门扣，像是回到了记忆中的老家。已是子夜时分，偶有娱乐兴浓而归之人，三三两两从河对岸走过，清脆的谈笑声一不小心惊破了古镇的春梦。屋外，忽地又传来一阵手机铃声，是维瓦尔第的小提琴协奏曲《四季•春》，隔着墙，却是那么的真切……古镇太小，轻快的现代春之声冷不防窜进了老屋。

夜已阑珊，一片寂静中，古镇悄悄地褪去浮华的妆容。透过窗，越过临水台，临街的长廊、婆娑的树影，衬着暗夜的光，清晰地倒映在河中，荡漾着，揉碎了江南的梦。

静雅南浔

临河的两层小楼，推开窗，便与清绿的河、悠久的景融为一体了。暗夜里，借着两盏街灯，静对白墙黛瓦，独品岸柳垂舞，闲听细雨轻点，醉看水波微漾，任这古色春韵轻轻柔柔地扩散开来，包裹着我，渗入心灵，唤醒那似曾相识的梦忆。

屋内，床柜桌椅几案都是古旧之物，特别是那张床，为明代朱砂红漆雕花大床，有着四百多年的历史。今世的人，前世的物，一样的春天，不一样的阴晴……坐于靠窗的书桌前，心灵在时空隧道里穿梭，化作了一支轻狂的笔，涂抹着历史的梦境。

比起西塘来，南浔古镇的夜清静多了，甚至有点冷清。繁华的南浔城围住了古镇，却像冰火两重天，镇内镇外过着各自的生活，仿佛是两个不同的时代：一侧于喧闹中追逐着现代，一侧于静寂中回归古朴。古镇的老居民过的是闲适而又本真的生活，对于他们来说，这种缓慢的节奏、宁静的氛围是最熨帖人心的。

留荫庐——南浔古镇少有的一家私房客栈，取名于民国奇人张静江。主人李绿化，早年淘得这一题字，拓其字刻石于门楣，古匾真迹挂于客厅。其意，一为荫佑后代，二是留下一片绿荫，前人栽树后人乘凉。“河边这排房子是南浔古镇导游图的封面照片，最显眼的是留荫庐。”一进院门，房主夫妇俩热情地招呼着，介绍着关于客栈关于南浔的掌故，好像我们不是来住客栈的，而是到了老朋友的家里做客。

客栈主人介绍的这河，是贯穿南浔古镇的老运河，原先的运输要道。这老房子，是分布在河两岸的“百间楼”，相传由明代礼部尚书董份为给女儿陪嫁的丫环始建，清末民初一些生意人纷纷在此改造建园。河两岸是条石青砖铺成的长街，杨柳依依，长廊断续，拱门数重，饶有水乡风情。百间楼街房相连，山墙高耸，作云头状、观音兜式，或是三叠马夹墙式，错落有致，更显古韵雅味。

今夜，我久久地坐着，张望着深邃的夜……这幅优美的水墨画正静静地呈现在我的面前，没有一个人来打扰，好像让我独占了这片风景，欣喜得分不清了梦里梦外。但我知道，只有在这静谧的雨夜，才能全身心地感知这片风景，潜入古老的江南梦境。

古镇最灵动的风景还是人，是与这片古风古韵相生相长相融相合的生命。

留荫庐主人年近花甲，高大的身材，看上去精力充沛着呢。喜古玩，爱花草，厅堂里摆满了字画牌匾、奇石木雕，名瓷优陶。小小前庭绿意盎然，茶花盛开，娇艳欲滴，主人细心地为这两朵粉红的花儿留影。三四十平方米的后院被他整理成了小园香径，取名“逸园”。中有一凉亭，盖的却是玻璃顶，通透明亮，上爬紫藤，既含古雅之韵，又具生态之美。亭畔有一小池，叠了几块石头，寄寓山水之趣。园里种上了红梅、金桂、玉兰、柿、梨、桃等花卉果树，可月月闻花香，四时品鲜果。沏上一壶浓浓的大红袍茶，香缭绕，喉吻润，琴声清耳，音和意远。主人道出平淡的心境：“此处为私宅，做客栈并不是为了赚多少钱，更重要的是多交些朋友，让这老屋增添一丝生气。”

主人阅历丰富，特能侃，慢悠悠的语调，不慌不忙地拉扯出南浔幽深的故事来，显得韵味十足。绣花锦，餐桌上的南浔青菜与美人西施联系在了一起；锭升糕（应称定胜糕，主人讲的不是标准答案），一道名点小吃寓意为升官发财；“经师易求，人际难得”，厅堂里的这幅字串起了无臂书法家自强不息的故事……在他的介绍下，南浔古镇变得生动起来。

“水乡六镇，南浔为首，一是古建筑保存得最多最好，二是南浔人最富，清末的国库有 7000 万两白银，但南浔共有‘四象八牛七十二金黄狗’，光‘四象’便拥有家财 8000 万两。”主人的炫耀应是古镇居民一种自然的心态流露吧，却反衬了南浔古镇如今的落寞。

独坐雨夜，冥想曾经的繁华，似从窗前的古运河里打捞起一个湿漉漉的梦。繁华易逝，寂寞本是古镇必然的结局，却又无端地让人生出一份感慨来。

绕河而行，经茶之韵书吧，数人围坐于门外一小方桌，对着河静静地喝茶。屋内盆花怒放，蓝色的花球浓郁而高贵，朋友以为是君子兰，一个精瘦的男人跟进了屋，纠正说那是风信子。与之攀谈，说年岁大了，喜欢住在这古镇，妻子便把有居住权而无产权的老房子改造成了书吧，辟了几间客房，以书会友。陈设简单的客房里没有电视，只有书与网络，一个纯净的小天地。一排书中，淘得一本昆曲精选剧目曲谱，顿时有了买书的冲动，虽不懂昆曲，不妨学下陶渊明——但识琴中趣，何劳弦上声。胖胖的女主人正与人喝茶，犹豫着说：你喜欢昆曲？这书就这一本，仅有的老版本！一个朋友寄放在这里的，卖了可不好交代了。一番话搞得我好生尴尬——像是说我并不是这本书最合适的保管者，好在幽暗的灯光里看不清彼此的表情。罢了，素不相识的凭啥相信你能善待这本书？心有遗憾却无懊恼，反为她爱书的执着劲儿怦然心动。

朴实的老街朴实的人，浑然天成似的，只是他们与古镇一天天地变老，年轻人断不会来住的，这古镇怕真的要成为一堆古董了。夜夜欢歌的西塘流淌的是年轻人的欲望，清净优雅的南浔流淌的却是老年人的寂寞——一个衰老的梦。

无可奈何梦中人。夜未央，南浔古镇早已沉入了梦乡，只有我这个陌生的游客，还坐在窗前，端详着江南的雨夜……

诗意乌镇

奢华的夜晚，我——属于乌镇。

暗夜的流光映在了水里，水里的光影映在了我心里，古镇氤氲成七彩的幻梦。摇橹船儿漾起的清波，揉碎了雕花的窗、黝黑的瓦当、低垂的拱桥……一切的古色古香，沉淀为奢华的记忆。

窄窄长长的石板街，回荡着纵情的歌声、热情的叫卖声、煽情的欢笑声……古镇喧嚣成缤纷的舞台。悠闲的脚步踱出一方宁静的天地，所有的声响化成童年里亲切的呼唤，呼唤着隔世不可触摸的梦。

烟雨的清晨，乌镇——属于我。

绵密的雨丝打湿了我的衣裳，我那温润的思绪打湿了这素雅的水乡。恬静的水面，生出圈圈细小的涟漪。一片黄叶，无声飘落，又一片，轻盈地舞蹈。一两只鸟儿欢叫着掠过水面，是否惊醒酣睡的人。

白墙黛瓦融成一幅写意的国画，烟雨中酝酿一片静谧的诗意。我伫立在石桥中央，成为他人相机里的风景；站立在市河码头，石桥和伞成为我眼中的风景——永远的让人迷醉的风景！

来到乌镇，感受的是一片诗意，尽管这个古镇并不恬静，但不经意间的煽情让人生出一份俗世里最美好的想象。

诗意，萌生在华丽而陌生的夜色里。

斑斓夜色中的乌镇西栅，既亲近又疏远，亲近的是那份古意，疏远的是那份奢华，像是一位雍容华贵的女人，只能让人远观，不可亵玩，想爱却难。

裹在汹涌的人流中，初到乌镇的我们，匆匆赶往游客接待中心，走投无路般地找寻旅馆。还有标准间吗？有，是亲水房，要几间？三间，多少钱？1030元，哦，涨了10元！入住，搬行李去！回来登记时却傻眼了：一间1040元！刚才想象着亲水房间静赏夜景的热情一下子化作了冰凉，愤愤然跨出了门，誓不回头。好不容易在附近找了家商务宾馆安顿下来，来不及扒口饭，又急忙回到游客中心，到底割舍不下那份暗暗的期盼。于是，买票入内，夜游乌镇。

一片宽阔的水面，灯影朦胧，游人争渡。我们兴致甚浓，索性租了一艘船，晃悠悠地穿过拱桥，沿着西市河，进入梦境般的水街。顿时，流光溢彩左右了我的视线，点点灯火倒映在水中，映出一个安静温婉的乌镇。俯看流水光影，所有的喧嚣已离我远去。

笨嘴拙舌的摇橹艄公，忽地指点着一所水阁，兴奋地说：那就是刘若英拍广告的地方。是吗，乌镇的代言人“奶茶”说：“时间改变了许多事物，却不曾改变这里……生活在梦里的乌镇。”朋友忆起的是电视剧《似水年华》，那淡雅唯美的画面，那伤感无奈的爱情童话，或许还会想起那段经典对白：生命中不会有什么奇迹，曾经停留在我眼光中的你的注视，那只是一次偶然……一晃却已十年，如今的乌镇，临水的楼台开起了“似水年华”的酒吧，闪烁的灯光中，那流淌的歌声，能否挽住流逝的年华？

我却知道，那流淌的是诗意。

诗意，萌生在寂静而真切的清晨里。

烟雨的清晨，蒙蒙亮的古镇，沉寂的没有一个人影。游客接待中心大门紧闭，我悄悄推开虚掩的侧门，闪进了梦里水乡，像贼得手一般，一股狂喜之情从心底喷涌而出，脚步轻快了许多。

还是昨夜游赏过的地方，却是不一样的风景不一样的心情。

这一刻，古镇已褪去昨夜的盛妆，完完全全地属于了你。斑驳的墙，爬满墙的枯藤，肃立在你的面前，无言的倾诉。漆黑的瓦，层次分明的屋顶，定格在你的心房，穿越着时空。长长的老街，跳动着年轻的心，兀自觉得古镇如我的老家，我是古镇的主人。客栈的门虚掩着，白炽灯驱赶着黑夜，好想进去坐一坐，又不忍打扰了游客的好梦。又一扇透出红光的轩窗，不知沉睡了多久，可曾品出这悠悠古韵。

穿过雨巷，走过石桥，来来回回，任雨丝打湿我的衣裳。喜欢那种走在石板路上的感觉，慢悠悠地回到记忆里最亲切的童年。

这一刻，乌镇的街头只有三种人：一种是扛着相机寻觅风景的人，一种是挽着竹篮送油条馒头的老板娘，再一种就是我——对着古镇发呆的人。或是站立于西市河边的船码头，细品小桥流水的雅致；或是伫立在石桥的中央，远赏烟雨蒙蒙的风情；或是流连在昭明书院，念想着清心读书的时光；或是躲在画廊下，静看叶自飘零水自流的清秋……

没有故事没有情节，单纯的清晨单纯的烟雨单纯的古镇单纯的思想。不是悲也不是喜，淡淡的却深深的一种人生况味，侵入了骨髓。

从那骨髓里发芽的，便是诗意！

诗意，萌生在爱情那明灭的火焰里。

华彩的夜光，躁动的音乐，演绎的是一幅声色享乐图，也流淌着少男少女的爱之梦。

隔着河，于黑暗中淡淡地品着茶，默默地张望着青春的背影，让一颗宁静的心沉浮在欢乐的波涛里。忽然觉得这般热闹也好，年轻的疯狂是不需要理由的。

一对情侣坐在我们旁边，却似乎耐不住寂寞，或者有了分歧，那女郎霍地站起，离了座，步履匆匆，白衣飘飘，似乎有着一缕动人心魄的愁怨。小伙紧紧跟上，但总是赶不上女郎的步伐，是不够大胆，还是不够坦诚？我们的目光注视着女郎过了桥，到了河对岸，又闪入了七彩闪烁的酒吧里，遁入了乐声混杂的喧嚣里。

陌生人的爱情，不相干的忧愁，却牵扯着我们的目光，希冀着一个破涕为笑的圆满结局。

宁静的清晨，淡雅的古镇，演绎的是一个个清丽朴素的爱情故事。随波荡漾的是一份温馨隽永的爱意。

河边，一位老人拿着相机不停地拍摄，招呼着老伴过来与小桥流水合影。那兴奋招手亲切呼唤的刹那，展现的是不老的爱情。

桥上，一对年轻伴侣欣赏着如画的风景，小伙架着相机，姑娘倚着栏杆，眺望着水街。猛地回头，长发一甩，相机咔嚓一声，留下了古镇美女的倩影，也定格下爱情美好的瞬间。

大竹筛前，两位姑娘相互留影。当我凑上去拍照的时候，姑娘优雅地礼让了一下，莞尔一笑，不由得让你怦然心动，为那一面的信任，生出一份淡淡的爱意，感觉古镇的美好，也感觉了心灵的年轻。

倒流的时光中，映照着诗意。

遥望鲁镇

抵达绍兴柯岩风景区的时候，已是下午四点，人群正从景区里往外涌。深秋的太阳落得快，怕是走马观花也来不及了，门票价格又贵，一百一十五元一张呢，便放弃了进去游览的念想。鲁镇，就让它存于想象中吧。

对于绍兴，我是冲着鲁镇的名声来的，迷恋的是鲁迅在《社戏》里渲染的那片水乡夜景，更有那颗跳跃的童心。印象最深的是半夜三更小伙伴们看戏归来偷吃六一公公的青蚕豆（罗汉豆）的美味美景。就像鲁迅后来感慨的那般："一直到现在，我实在再没有吃到那夜似的好豆，——也不再看到那夜似的好戏了。"童年的我们，不也是在夏夜里追逐着到邻村去看露天电影。是黄昏，广阔而葱绿的乡野，细长的路没有尽头。一群孩子热热闹闹地走着，脸上挂着一种纯朴而热烈的向往——一种比吃到糖果更快乐的神情。那群孩子中蹦蹦跳跳在前头或者神色暗暗地跟在后面的，便是童年的我。去看电影的路上，总是担心我们的消息错了，或是害怕头顶的那片天下两点雨吓跑了电影队。果然，有几次我们白跑了一趟路，心底好生失望。而更多的是满足后的夜归，电影的情节大抵记不住了，只记得月朗星稀，树影憧憧，远处的狗吠声，在乡村宁静的月夜触动疲倦的神经，我轻推屋门，闪入了黑暗……

就在景区外怅然晃荡的时候，朋友想起了一个细节：刚才欲买票时，一位"乌毡帽"问要不要乘船，是乌篷船！我一听，惊喜不已，真的？去找他！乘乌篷船不是更能体会水乡鲁镇的风情吗？折回去寻找，不一会儿，在一处摊点前看到了那位"乌毡帽"，瘦个子，黝黑的脸刻上了皱纹，操着一口地道的绍兴话："乘乌篷船，五位，两百元。""便宜点，一百五十元。""乌毡帽"犹豫了一下，便领着我们去鉴湖边上的船码头。

一会儿，乌篷船划了过来，大小算是“脚划船”吧，中舱有两道，半圆形的篷，用竹片编成，上涂黑油，两扇“定篷”之间没有“明瓦”，是可移动的黑篷，拉开来，可以坐人。船篷之高根本不能让人直立，只能低着头憋坐着，或者索性将头伸出舱外，放眼远望，神清气爽。但还是不能轻举妄动，一站起来，船儿摇摇晃晃，慌得“乌毡帽”连忙制止：“勿要寻开心！”“乌毡帽”说他的乌篷船可是请人定制的，算是大船，可坐六人，小的只能坐两三人。其实，如“四明瓦”“三明瓦”之类的大乌篷船，早已绝迹了，如今在绍兴看到的乌篷船，都是那种载客的乌篷脚划小船了。

脚划船虽小，亦自有一番情趣。一叶扁舟飞梭于夕阳下的鉴湖，静赏山水之趣、田园风情、古镇韵味，多么的惬意。再看坐于船尾的“乌毡帽”，摇橹划桨动作娴熟：两手划动一侧的短桨，再脱了鞋子，用双脚划动固定在船另一侧的长桨，如此手脚并用，屈伸自如，小船来去清波中，扶摇如一羽。“乌毡帽”姓曹，年过花甲，自称柯岩乌篷船第一人。从十八岁开始划船，柯岩风景区开门迎客的时候，他就划着乌篷船载着游客观光。如今年老了，大概景区辞了他吧，便自己花了五六千元，造了这条乌篷船单干，拉了些不知情的游客在景区外的鉴湖里转转，赚些零花钱。问他一天收入多少，笑而不答。再问年轻时划船能赚多少钱，“乌毡帽”拉长了嗓音：“那时划船，只管吃饱肚皮。”

橹桨声声轻，楼台泛水来。定睛细看，是一排仿古建筑，黑白分明的，少了份斑驳的古意。临湖的一面白色山墙上写着“鲁镇”两个大字，却看不出一个镇子的模样。“乌毡帽”介绍：鲁镇原是没有的，是鲁迅虚构出来的。一句话提醒了我们，鲁镇是鲁迅在《孔乙己》《风波》《祝福》等小说中提到的，其实在绍兴的历史上并无鲁镇这个小镇，但这个小镇，存在于鲁迅的心中，也存活于读者的心中，让人感觉那是一个真实的水乡古镇。柯岩风景区将鲁迅小说中虚构的平面故乡还原为建筑实体，构成了鲁镇景区。如此这般，心也就释然了，那一簇仿古建筑不看也罢，在鉴湖里遥望鲁镇更能引人想象，也更有一番滋味。即使景区门口推介的“祥林嫂寻阿毛”“阿Q造反”“孔乙己逗小孩”“杨二嫂卖豆腐”的街景表演，我觉得也是不看为妙，莫不是沾染了浓浓的商业味以博人一笑，但鲁迅塑造的这些人物却是一股透心的悲、入骨的哀，你看了是哭还是笑？我倒更愿意沉醉在《社戏》里提到的鲁镇，包括赵庄的月夜景致，更纯粹一些，更淡然一些，让人怀想起遥远的童年，有一种朦胧美吧。

过了鲁镇，湖面渐渐开阔起来。山衬着落日，水映着斜阳，景致愈有风韵了。水边一片宽阔的绿地，竟是一个高尔夫球场，一群人挥杆击球，小小白球远远飞来，掠过我们的上空，掠过湖湾，飞向对面的绿地。“乌毡帽”有些感慨：那白相的都是大老板，有不少球打入湖中，一个球一百元呢！我倒是惋惜这贵族化的运动破坏了水乡古韵，问“乌毡帽”年轻时的水乡如何模样。“那时没有大马路，乌篷船可是主要的交通工具，人家出门要坐我的船。最远的一次划到了杭州，单趟六十里路，足足划了九个小时……”他的一番话又把我拉入美丽的水乡风情，坐乌篷船水路去杭州，想来能体会到周作人的那番心情和意境：“你坐在船上，应该是游山的态度，看看四周物色，随处可见的山，岸旁的乌桕，河边的红寥和白苹，渔舍，各式各样的桥……夜间睡在舱中，听水声橹声，来往船只的招呼声，以及乡间的犬吠鸡鸣，也都很有意思。”但对那时的“乌毡帽”来说，去杭州却是一趟辛苦的路程。

“乌毡帽”健谈，话匣子一打开，收不拢。仗着是吴地人，我用我的家乡话作问，他用他的绍兴话对答，倒也不见得别扭，“乌毡帽”照样谈兴甚浓。忽然觉得“乌毡帽”就像是鲁镇人，走进他的内心深处，就能走入一个别样的鲁镇。自然，“乌毡帽”比鲁迅笔下的闰土开朗多了，更没有孔乙己的迂腐之气、阿Q的疯癫之样，朴素而热情，因而让人隐约感觉了鲁镇的优美。

其实，现代人钟情于古镇，不过是向往一份远离俗世的自由与轻松，古镇在想象中越来越美丽。若是真的走入了鲁迅笔下那个古老的鲁镇，看到一个个怪人一件件怪事，心情必然沉重，那份古意定是压抑在心头，变得丑恶无比了。而在这样一个黄昏，逍遥在鉴湖，坐着乌篷船，听着地道的绍兴话，看着“乌毡帽”的笑脸，遥想那个子虚乌有的但美丽无比的鲁镇，便是一种优雅闲适的享受了。

我愿意远远地望着遥遥地想着那样一个鲁镇。

七里山塘

杭州有西湖，苏州有山塘。《红楼梦》第一回中也把阊门、山塘一带称为“最是红尘中一二等富贵风流之地”，究竟如何的富贵风流，在如今的现代繁华都市一角，山塘又会何等惊艳展现往昔的容颜?

地图上比画了半天，设计了线路，周六清晨，驾车驶上高速公路，一路奔向苏州……终于来了，梦里山塘。

闲适山塘

像是来过，熟门熟路，把车停在了景区停车场，一下子汇入了如潮的人流，上新民桥，过山塘河，便走在了风雨千年的青石板老街上，又数十步，直接找寻到了住宿的地方——山塘客栈。窄窄的小弄，两侧挂着了红灯笼，映衬着白墙黛瓦、花格屏窗，装点出一片浓郁的古意。一对新人正以此为背景拍摄婚纱照，让我们撞着，平添了一份喜气。隔壁的古戏台更是朱红一片，飞檐翘角，雕栏画栋，含一分雅致，显一分艳丽，两种气质融合在一起，不觉得突兀。“顷刻间千秋事业，方寸地万里江山。”两侧红柱上的这副对联让人生动地想象着戏里戏外，也延伸出了一段不为人熟知的历史。古老的山塘街上，这戏台上曾经演绎了多少悲欢离合?而这条自古繁华的老街又经历了多少风云变幻?

初见山塘，感受的便是这般强烈的视觉冲击，但领略的却是一份闲适的心情。历史是冰冷的，现实是温润的。在这条陌生而又熟悉的老街上，我自在地编着零乱的脚步，光顾着一家家喜欢的或是好奇的店铺，悠悠地逛一下历史深处的老苏州。尽管人潮汹涌，但我看不到匆匆的脚步和紧锁的眉头，那一张张微笑的脸庞，分明写着一份闲情与惬意。不仅人如此，老街的一切都是慢节奏，一种有韵味的慢生活。路过进福斋剪纸社，首先映入眼帘的不是剪纸艺术，而是一只慵懒酣睡的猫咪，侧卧的身子压着了红红的十二生肖的剪纸艺术品，萌态可掬。店外的喧哗声骚扰不了它，即使抚摸它两下，亦丝毫不为所动。大隐隐于市，莫非就是这般的修行？

让人感觉悠闲的还有吃——山塘街上有的是风味小吃：生煎馒头、苏式老汤馄饨、桂花糕、鸭血粉丝汤……在这老街上，吃是随意的，不需要正襟危坐，也不会觥筹交错，而是尽兴地品尝美味。讲究吃的话，可以端坐在“七里山塘”面店里，吃一碗苏式汤面，点一笼汤汁小笼包，顺便到对面的店里来一块赵元章肉骨烧，便会让人大快朵颐。这是儿子所喜欢的——旅游，吃是很重要的。如果讲究氛围的话，那可以在山塘河边的天上彩云堂坐下，最好是在黄昏时分，找个露天位，躲在伞盖下，点着小油灯，轻倚栏杆，看通贵桥上摩肩接踵，望山塘河里游船画舫，甭管身边人来人往，尽可融入江南水乡的水墨画卷中，静享一份闲情。

水韵山塘

七里山塘到虎丘，说的是山塘河东起阊门渡僧桥附近，西至虎丘望山桥，长约 7 里。我们则是倒过来走，从虎丘到阊门。在虎丘山下，见河中船儿轻摇，便问船工：能否乘船到山塘街？传说“三笑留情”发生在虎丘，待秋香下山归舟，唐伯虎雇小船追踪，走的就是这条水路：从虎丘环河至山塘河。船工答复：这船只是环山一游，不去山塘街。水路不便走陆路，穿虎阜路，找着山塘街，背对虎丘塔，一路向东南而去。

水绕山塘，风舞垂柳，别有一股风韵。这一段河面开阔，碧水荡漾，绿荫掩映，既有一份乡野之趣，又有一份老街遗韵，轻轻漫步于傍河的山塘街上，能不激起一片诗情？回眸：塔影在波山光接屋；前望：画船人语晚市花声。一端是山隐水迢千年沧桑，一端是车水马龙现代时尚，人游走于历史与现实间、赏玩于街市与水影中，竟是那般的随心所欲。

山塘街是白居易在苏州刺史任上所建，山塘河也是他主张开凿的，经历了千余年的风雨，街已老去，门庭冷落，唯见河水清澈，历久弥新。老街上散落着一些景点：南社纪念馆、普济禅寺、义风园（明末颜佩韦等五位义士，为抗议魏忠贤阉党逮捕东林党人周顺昌，率市民暴动而慷慨就义），只是很少有人来访，更多的是悠闲地生活在老街上的居民。偶尔会看到这样的标语：山塘另一端欢迎您！想来应是那宽阔的山塘河让幽居的老街人增添了一份生活的趣味，也让画船上或是极少数逛街的游客领略了一丝江南水乡的韵味。

老街虽不精致，却更真实。儿子说走在这老街上想起的是小时候的生活。这让我们惊讶不已，儿子小时候也没有这样的老街呀，那应是我们小时候——四十年前的家园。说这话时，我们正走进一个零乱的菜市场，这段老街不再临河，虽然脚踩着青石板，但逼仄的空间、喧闹的人群早已挤走了残存的诗意，没有了水的映衬，只能勾起一丝旧时代的回忆，但回忆并不等于诗意。

能够品味水韵山塘的另一个地方，便是在山塘街的另一端阊门码头，五条河道相会于此，水面空阔。待到夜色幽深，人影稀少，霓虹闪烁，营造了一片迷蒙的意境。伫立四望，七彩的灯光勾勒出一幅老苏州的剪影图：左前方静卧着一座三拱石桥，于黯淡的波光中沉淀着彩虹似的梦；转过来，阊门巍峨耸立，那是天堂苏州的代称，可想而知曾经的繁华；再转过来，一座小巧精致的廊桥横跨于支流上；身后则是朝宗阁——一幢三层八角红色木阁楼，阶前的地砖上写满了不同字体的"根"字。览胜阊门寻根纪念地，让人无端生出一缕漂泊之感来。这里是明朝洪武赶散时移民的出发与集散之地，如今已成中国寻根问祖的"八大朝宗圣地"之一。阊门码头已看不到行人泪，但在烟波浩荡中依稀感觉一股浓浓的乡愁。只是生活在繁华城市中的现代人，可否记得人生的根、文化的根，或许忙碌的日子里弥漫了如影相随的乡愁。

笙歌山塘

夜幕降临的时候，山塘街是最热闹的时候，嘈杂人语中还会飘来丝竹管弦之声。古戏台红灯笼高挂，二胡、扬琴、琵琶……台上民乐手激情演奏，手机、相机……台下观众争相留影。最喜一曲《春江花月夜》，悠扬的乐声飘在风中，拂过河面，隐入古老的街巷，不由得让人联想起江流婉转，月照花林，相思明月楼，闲潭梦落花……夜山塘，正应其情其景，更会让人感怀。

终究还是太喧闹了，想去幽静的地方品一品笙歌山塘。首先打动我的是昆曲馆，看门人守在河街上，拦着我们说："进去听一下《牡丹亭》吧，游园惊梦，半小时后开始，只有二十五个座位。"我的心里顿时痒痒的，儿子则无动于衷，妻子便犹豫不定：儿子哪有心相听这么古雅的一折戏？于是决定还是听一下苏州评弹，大家都能接受。

转身来到客栈旁的山塘评弹书苑，幽暗灯光中上得楼来，只见一个近百平方米的厅堂，已有十几位听众端坐着。虽有空位，却大多已被预订，我们只能在后排坐下，点一壶碧螺春，慢慢品饮，任那悠缓委婉的弹唱充盈在这温馨的空间里，又从半开的木窗里流淌出去，顺着檐下的红灯笼，氤氲在了山塘的夜色里。这样的场景会让人想起童年里小镇上听唱书，那时在意的是故事情节，迷人的是那块惊堂木——应是故事讲到精彩处，才会啪的一声响惊醒了众人。一旦说书人操起三弦弹唱时，便颇有些不耐烦。如今在夜山塘听苏州评弹，喜欢的是优美的江南小调和深情款款的弹唱了。

台上坐的是一男一女，男在下手，穿一身青色长衫，持三弦，女在上手，穿一身花色旗袍，抱琵琶，自弹自唱。吴侬软语，弦琶琮铮，听起来恍若春日游湖，无风水面琉璃滑，涟漪微动，醉了的心儿滑向老街的深处。

妻子喜欢的是陆游、唐婉词《钗头凤》：“红酥手。黄縢酒。满城春色宫墙柳。东风恶。欢情薄。一怀愁绪，几年离索。错错错……”其为男女档，抑扬顿挫，情深意重。可我听来终究感觉凄苦了些，游山塘何苦要去品味一段破碎的爱情。我倒喜欢《白蛇传·赏中秋》，“七里山塘景物新，秋高气爽净无尘……”（许仙的唱段），正合当下意境，偷闲茶一杯，赏乐（月）凝双眸。尤喜白素贞的唱段：

官人言太重，为妻心不宁，夫妻原一体，何分奴与君，哪有夫妻之间来论什么恩。官人呵，似水流年须珍惜，莫教误了少年身。只要勤勤恳恳成家业，方能喜喜欢欢度光阴。但愿夫妻好比秋江水，心与秋江一样清，一清到底见鱼鳞，但愿君心似我心，心心相印心连心。官人呵，一年几见当头月，但愿得是花常好。

一句“似水流年须珍惜”，唱醒梦中人，幸福时光就如同这淡茶雅乐，细细品赏，好好珍惜。再看身旁的妻子，同样沉醉其中。一年几见当头月？夫妻两人同游山塘共赏评弹，此番赏心乐事，不由得感慨良辰美景，但愿花常好、月长明。

儿子到底坚持不住，中途溜了出去独自逛一下老街。之前还说要听《西厢待月》——这个年纪，对《西厢记》充满了好奇。可毕竟沉不下一颗心，品味不了这苏州评弹的风韵。笙歌山塘，在年轻人的眼里终究是些陈年老调了。

静默山塘

山塘街似乎永远是喧腾的，沉静不下来。可是在那里住上一夜，第二天早早醒来的时候，会发现那是山塘街最寂静的时候。她像是一个残妆的女子，褪去了昨夜的光彩和欢笑，抖落一身的疲惫，静默地站立在那儿。

想起昨夜的雨声，内心充满了期待：细雨、落花、老街，那应是极富诗意的画卷。只是这个季节，没有落花。撑着伞走在雨巷，忽地发现老街老了，累了，此刻唯有水，那充满灵气的水，才让老街焕发出一份秀气。这是难得的片刻宁静，也是老街歇息的时候。可过不了多长时间，汹涌的人潮将再次袭来，老街还会抖擞精神迎接一张张陌生的笑脸。

许多人在老街寻找着心灵的归宿，但老街的归宿在哪里呢？老街终究会有面对自我的一天，或是一刻，就像每个人总需要一片宁静面对自我。热闹的山塘是浮华的生活，一个人在这里待久了也会厌倦的，就像厌倦繁华的都市一样。静默的山塘才是真实的存在，风流也好，疲倦也罢，只有静下来的时候，才会找到心灵的归宿，也才会展现优雅的时光。

姑苏城外

向往苏州，其实不是因为她的富庶繁华，不是因为上有天堂下有苏杭的传说，而是那悠悠千年的吴门古韵，是那小桥流水人家的诗情画意。可当汽车驶过日夜喧嚣的高架路时，当站立于高楼东西张望着密密麻麻的楼房时，心也就茫然了起来：姑苏古城早已淹没在了迅速扩张的现代新城，就那几座典雅的苏州园林，怕也成为可有可无的点缀了。

中午的饭桌上，几位苏州的朋友谈起了他们位于金鸡湖畔的新住处，一脸的兴奋：那地方好美，金鸡湖相当于两个西湖呢，又是国际合作的园区典范……现在的人谁还想住在老城里呢？一句话听得我惊讶不已：金鸡湖再大，也没有西湖的人文底蕴；园区再美，也逃不脱水泥森林带来的压抑感，难道苏州人也真的不喜欢古城了吗？于他们，原先的城外变成了城里，古老的水城变成了城外。

夜游古运河，着实兴奋了一阵子，但隆隆作响的机船声破坏了朦胧夜景的美好想象，更听不清所谓的苏州评弹了，俏丽的女孩草草弹唱了几首曲子，是吴侬软语加上《茉莉花》《紫竹调》的曲调，随后便向一船的山东游客推销起了碟片扑克，让他们带回苏州园林的美好记忆……顿时有种如鲠在喉的感觉，那吴门古韵已成了一道文化快餐，粗糙得让人难以消化。而苏州，还是我梦中的江南吗？

姑苏行古雅而优美的意象，从盘门开始演绎。这里是吴国阖闾大城八门之一，两千五百年来，盘门屡建屡毁，现存的盘门修筑于宋元交替之时，盘门城楼则是当代依循古制重修，城墙只剩下三百多米。但这已足够了，青砖重檐、雄关古城的粗犷气息，与粉墙黛瓦、枕河而居的秀美风格相得益彰，让清丽的苏州城平添了几分沧桑。

奉吴王阖闾之命筑城的伍子胥，如今端坐在城墙下的伍相祠内，受人供奉。

这位饮恨九泉死不瞑目的吴国重臣，沉浸在多少人悲怆的目光中。然而他也是幸运的，为春秋时代的吴国创立了霸王功业，为今人留下了苏州这座美丽的城市，以及一夜白发过韶关的传奇，千年的文化积淀，使这位敢爱敢恨的英雄成了创立苏州古城的神。

“朝游盘门东，暮出阊门西。四顾茫无人，但见白日低。荒林带昏烟，上有归鸟啼。物皆得所托，而我无安栖。”在伍相祠的走廊碑刻上，觅得了王安石的这首诗，最喜“四顾茫无人”一句，却又有些不解，繁华的苏州城何以见不到一个人？直至登上盘门城楼，才若有所悟：丽日晴空，芳草萋萋，映衬得水陆城门、斑驳城墙更显苍凉；北望城内，多少楼台收眼底，高高的瑞光塔与丽景楼静默对峙，尤为雄奇；东南远眺，穿越城墙垛口，掠过吴门桥，收于幢幢高楼隐约的身姿，恍惚千年。由此，心中顿生“前不见古人、后不见来者”的苍茫之感，何况苏轼当年评价“不知更几百年方有如此人物”的王安石。

苏州古城的标志景点，当属园林了。随缘而入阊门外的留园，乃“吴下名园之冠”。只是俗人一个，欣赏不了这“假山假水”的妙处，尽管园内精巧布置移步换景，尽管太湖石冠云峰玲珑剔透，尽管一池春水锦鳞游泳，还是觉得不如人家尽枕河的水乡风情来得亲切感人。留园以水池为中心，隐显山水之趣。四周长廊回绕，叠石成山，亭台相望，林木交映，游人可春观紫藤，夏赏荷花，秋闻桂香，冬听梅曲。我们来得不巧，乡野里正是桃花红梨花白菜花黄的热闹景象，园内的花事却是静悄悄的，腊梅已谢，紫藤未放，只能凭空想象四时花开香气溢园的盛景了，再叹一回俗人也。

留园让人感慨的是园名的变化，亦即园林主人的更迭。从东园到寒碧山庄，最终改名为留园，谁都想永久地留下这座名园。但谁敌得过世事的变迁风雨的侵蚀，谁又能留下万世家业。园内有一刘伯温的篆书题字“长留天地间”，不禁引人深思：于人，留于后世、留于天地间的应是什么呢？导游介绍盛宣怀曾是留园的主人，其后人将此园献于国家。却是我第一次听说，不胜唏嘘：这位晚清的红顶商人，留于天地间的是他的洋务实业，却有多少人记得他是留园的主人呢？

“诗里枫桥独有名”，去枫桥是要体会一下迁客骚人的旷远情怀。虽然只是一座江南常见的单孔石拱桥，但大运河在此通过，南北舟车交会，枫桥因一篇篇饱含离情愁绪的诗词佳作而变得优雅起来。

高塔、古桥，寒山寺、铁岭关，枫桥古意犹存，河畔还坐着唐朝诗人张继的雕像，举首闭目，神情黯然。“月落乌啼霜满天，江枫渔火对愁眠。姑苏城外寒山寺，夜半钟声到客船。”那一缕淡淡的客愁飘忽在姑苏城深邃的夜空，将枫桥点染得朦胧隽永，吸引着古往今来的寻梦者。

却是白天，枫桥在小喇叭吵闹的讲解中多了一份俗气：“张继写下这一诗篇后，名声大振，三年后赶考高中。如今他的坐像塑了金手，摸一摸沾官运，摸两摸沾财运，摸三摸交上桃花运。”果然，不少游客上前摸了几下金手……

无语。谁还能听得懂张继的郁郁之情——

一江渔火清幽，听钟无眠客愁，试问枫桥人，却道涛声依旧。知否，知否，应是梦残人瘦。

偶听钟声响起，顿感空旷寂寥，神清气爽。恍悟：我们这群现代人一直徘徊在姑苏城外，怕再也走不进那个古老的水城了，只有那千年不变的钟声才能带你从容穿越千年悠绵的江南，才能让内心真正地从浮华烟云中平静下来。

“物皆得所托，而我无安栖。”再品王安石的诗句，不正道出了现代人的困境：物质的泛滥中心灵将安栖于何处？苍茫天地间，又该留下怎样一笔精神财富？倾听烟雨古城沧桑的诉说，也许能在这一片苍老的芳华里寻找到自己的答案。

哦，梦中的江南，洗尽铅华的江南，那是我的心灵之所！

梦里秦淮

一边是喧嚣的夜市，一边是千年的流韵，荡舟秦淮河的一刻便仿佛置身在梦里了。青砖小瓦马头墙，回廊挂落花格窗，在幽暗的河水映衬下，构成了朦胧而富诗意的梦境。

清静依然是没有的。炫目的光，悦耳的声，灵动的舞者，再现了“桨声灯影连十里，歌女花船戏浊波”的繁华景象，却不是我喜欢的。我倒更愿意沉醉在历史的一角，细品流淌的寂寞。十朝古都，秦淮河见证了太多的兴与亡、悲与欢，那一种滋味在盛世的欢歌与喧闹中如何品味得出？

船儿不大，舱内坐六七人，斑斓的夜色里相互看不清面容，就连外面的景色也是影影绰绰的。亮丽的是岸边的霓裳舞女，和着丝竹声，偶尔飘舞过你的脑海，顿时勾起前朝往事的些许联想。便觉得这样最好，随那解说员的讲述，可以从容品阅秦淮河的沧桑之美了。

秦淮河沉淀的是才子佳人的故事，慨叹的是悠悠六朝金粉梦。“烟笼寒水月笼沙，夜泊秦淮近酒家。商女不知亡国恨，隔江犹唱《后庭花》。”当年的秦淮河，想来也是春色烂漫，杨柳依依，一群文人簇拥着陈后主，饮酒赋诗，飞觞醉月，更有美女寄身其中，轻歌曼舞，丝竹缥缈，好一派风流与繁华。只可惜“玉树后庭花，花开不复久”。朱雀桥、乌衣巷，于时间的长河中黯淡了刀光剑影，“旧时王谢堂前燕，飞入寻常百姓家”。可怜才子杜牧的一句“商女不知亡国恨”，将多少无辜佳人捆绑在历史的战车上了，红颜祸水的古老命题又诱惑了多少豪杰。

亦有奇女子，在这香艳的秦淮河上，长袖飞舞，风雨中舞尽一个朝代的缠绵与婉转。秦淮八艳，同是歌女，却以高尚的气节在世人心中留下了绝美的身影。

风骨嶒峻柳如是，在清军兵临南京城下时，力劝身为南明朝礼部尚书的夫君钱谦益与其一起投水殉国。钱沉思无语，试了一下水，说：水太冷，不能下。柳氏奋身沉河，却给托住了，钱氏觍颜迎降。侠肝义胆李香君，苦苦追求的爱情却因侯方域的北返而破灭。暮春，秦淮河边，落红遍地，李香君悄悄地合上了那把题有侯方域诗句的桃花扇，凄清而至栖霞山下，在一座寂静的道观里，出家为道士。

敢爱，敢恨！只是女人柔弱的肩膀如何扛得起薄暮的江山呢。可叹，可悲！绮丽的秦淮河注定是男人的逍遥河、女人的伤心地。“梦中本是伤心路。芙蓉泪，樱桃语。满帘花片，都受人心误……”不知有多少人读懂了柳如是的这首《江城子·忆梦》。

秦淮河的梦，更是孕育了古代学子的科场功名、宦海沉浮。河畔的江南贡院，是中国古代最大的科举考场，20644 间考试号舍。而在这考场里，演绎了太多的人生悲喜剧，无论结局如何，到头来又不是南柯一梦？唐伯虎、郑板桥、吴敬梓、张謇、陈独秀……这些江南贡院的名士如今被塑成了雕像立在院门口，可他们中哪一人官场得意？更多的则是才高遭忌。二十九岁的唐伯虎到南京江南贡院参加乡试，一举夺魁。第二年，唐解元怀着对功名的热望，踌躇满志，赴京会试。谁料等待他的却是一场厄运：受到众举子的猜忌和中伤，以科场舞弊之嫌而株连入狱，几番拷审，草草定案，被黜为浙江藩府小吏。一代英才竟莫名成了权势之争的牺牲品，不免让人唏嘘不已。然而，又有多少不知名的学子被这科场以圣人的几本书夺去了自由的灵魂，卑微地生活在无边的王土。

船至白鹭洲，水面渐渐宽阔，夜色中闪亮的霓虹灯勾画出宝塔拱桥、亭台楼阁的剪影，感受繁华的同时，又让人冥想起“三山半落青天外，一水中分白鹭洲”的旷远美景，似乎也品出了诗仙的狂放情怀。李白泛舟秦淮河，放眼白鹭洲，正是人生失意时，但他更多的是对历史的感慨：凤凰台上凤凰游，凤去台空江自流。繁华易逝，江流依旧，千年之后，白鹭洲几番兴衰，秦淮河上最有韵味的还是这不朽的诗词佳句。但无论是狂放不羁的生活姿态，还是采菊东篱的优雅风度，历朝历代的才子们都改变不了家国的命运，甚至自身也挣脱不了封建礼教的桎梏。

又有一位才子，考中了晚清的秀才，还来到江南贡院参加了一回科考。但目睹了考场之怪现状后，便发誓与科举妖孽彻底决裂，毅然走上了追求民主与科学的道路。他，就是新文化运动的旗手陈独秀。与他同时代有着相似经历的英才们，在那混沌的年代里擂响了革命的鼓声，向封建制度与文化展开了致命一击，中国的现代化启程了。秦淮河畔的江南贡院、夫子庙终于退出了历史舞台，成了供人参观的古迹，继而又成了现代城市的热闹去处。

今夜，一样的灯火，一样的热闹，却少了一份压抑，多了一份自由。惬意的享受中，不觉船已靠岸，心儿仍在荡漾，放眼四望，秦淮河的景色似乎明丽了起来，那穿越千年的梦也幻化在了喧闹的人群里，那是一个个真实的梦。

悲情西湖

在我的眼里，西湖竟是一个悲情的传奇。

悲从何来？举目茫然。

西湖早已是“人间天堂”的象征。常听人夸耀城市的风光美，总是与杭州西湖作比较：这儿城中之湖的面积是西湖的几倍呢，而不管这话会不会贻笑大方。西湖是以大为美的么？西湖美，美在湖光山色，更是美在历史风韵，还有哪个城市的湖泊比得了西湖的人文底蕴呢？所以，“天下西湖三十六，就中最美是杭州。”

历史的西湖却以悲为美。尽管西湖歌舞几时休，可是舞榭歌台，风流总被雨打风吹去……

游西湖，晴湖不如雨湖。乱云疏雨，轻烟淡雾，隐去了幢幢现代的高楼，只留下空蒙的山色、迷离的湖光，水墨画般的淡雅，便可悠闲自在地游走于西湖的千年风情中了。于是，在一片喧闹与欢笑中沉浸在了历史的某页，在与古人的对话中体悟了一丝悲情——

从风波亭到岳王庙，不是演绎了一段千古奇冤让人沉抑于家国之悲吗？从白堤到苏堤，不是演绎了一段迁客孤旅让人伤怀于文化之悲吗？从断桥到雷峰塔，不是演绎了一段旷世爱情让人心痛于情爱之悲吗？

文人的自我放逐

西湖的美景，宜从湖堤上细细品味。杨柳依依，蝉鸣声声，让人感觉了一份惬意清新，烟雨湖山，迷蒙一片，更是平添了一份浩荡之气。难怪当年的白居易

“最爱湖东行不足，绿杨荫里白沙堤。”如今，白堤、苏堤上依然游人如织。漫步白堤，飘来荷香缕缕，北里湖中，花开正艳，天鹅悠游，怡然自得，鸳鸯戏水，别有情趣；宝石山上保俶塔，辉映着车水马龙的北山路，演绎着古意与现代的交响。徜徉苏堤，遥望西山烟云缥缈，有如蓬莱仙境；垂钓者雨中伫立，屏声敛息，默对一湖幽水，将意蕴深邃的西湖图解得这般气定神闲。

白堤、苏堤更是一条人文的湖堤，沉淀了太多太重的历史，哪怕是再悠闲的情调，也总会勾起迁客骚人的孤旅情怀，也许还会咀嚼出一丝无奈的悲凉之感。在王朝更迭的历史中，真正具有独立人格、富有正义感的士大夫，碰壁似乎是必然的，白公、苏公们注定是孤独的，于是不同的朝代演绎了相同的风雨人生路：从兼济天下到独善其身。

其实，任职于天堂杭州，是白居易、苏东坡心灵上的自我放逐，因为他们早已厌恶于官场的虚伪与险恶。江州司马感言“同是天涯沦落人，相逢何必曾相识”，因为慷慨直言的白居易还不明白为何忠不必用。黄州团练喟叹“人生如梦，一樽还酹江月”，因为经历“乌台诗案”的苏东坡，内心里还未曾抛弃“羽扇纶巾，谈笑间，樯橹灰飞烟灭”的英雄梦。然而到了杭州，两人的心真正地平静了下来。或者醉心山水，或者倾心为民，面对那片怡人的风景那群纯朴的百姓，他们终于找到了心灵的栖息之所。毕竟，此时的白公与苏公都已是知天命的年龄了。

西湖边的圣塘景区，如今设有“惜别白公”的群雕，乡人扶老携幼、箪食壶浆，深情相送，白公则再三道谢，依依惜别。三年主政杭州，白居易重新疏浚了李泌开凿的六井，整治西湖筑起了“白公堤”，而且政平讼简——平民如有违法的，命在西湖边上种几株树，算作惩罚；富人犯法的，则让他在西湖里开数亩葑田以赎罪过。“税重多贫户，农饥足旱田，唯留一湖水，与汝救凶年。”白公自谦的“一湖水”是他留给杭州人的一份重礼，曾经的生活依靠，如今的城市之魂。

苏堤南端的苏东坡雕像则更具一种怀抱天下的情怀：双目远眺，似在神游故国，眉头微锁，又像是悲悯苍生。既不能容于新党，又不能见谅于旧党，苏东坡治国平天下的一腔热忱便倾注在了这座美丽的城市。宋元祐四年，杭州太守苏东坡到任时，葑田已占西湖的一半，此时恰逢大旱，本可引水灌溉农田的西湖无法依靠了。于是他大声疾呼：“若不再整治，更二十年无西湖矣！”在一片反对声中，苏东坡向哲宗皇帝亲呈《乞开杭州西湖状》，详述西湖有“必废之惭”与“五不可废之忧”，同时上书户部、三省，请求拨银。终于引起朝廷重视，同意疏浚西湖，但所拨款项极少。苏东坡又发起募捐，并亲自写字作画出售，以资疏浚西湖工程。历经艰难，筑成长堤，修起六桥，太守狂喜，诗兴大发："六桥横绝天汉上，北山始与南屏通。忽惊二十五万丈，老葑席卷苍云空。"

如何不让人欣喜呢？古代杭州人眼中的西湖是生命之湖，整治西湖更不是常人想象的那么容易，不仅仅需要大量的人力财力，更有可能损害富户的利益而招致反对。明弘治十六年，杨孟瑛赴任杭州知府，不顾豪绅的阻挠，上书朝廷，力主疏浚西湖，最终筑成杨公堤，但自己因此得罪豪强而被诬罢官。所以，杭州人为纪念白居易，虽已不见了当年的"白公堤"，还是把那条早已有之的"白沙堤"易名为"白堤"，以寄托缅怀之情。而在苏东坡离任后，杭州父老把这条"横绝天汉"的湖上通道命名为"苏堤"。

"忆江南，最忆是杭州；山寺月中寻桂子，郡亭枕上看潮头。何日更重游？"白居易为西湖山水留下了200余首诗，这首不为人熟知的《忆江南》，流露出诗人对杭州的一片痴情。苏东坡则写了70多首诗赞美杭州和西湖。"水光潋滟晴方好，山色空蒙雨亦奇。欲把西湖比西子，浓妆淡抹总相宜。"初到杭州，吟出题咏西湖的诗中绝品；再来杭州，更有"山与歌眉敛，波同醉眼流"之句，从中已读不出一丝一毫的伤悲，东坡学士完全融入了杭州融入了西湖。然而，在为诗人们感到庆幸的同时，从另一个角度看，那么多的迁客骚人寄情于山水，岂不是一种更深层次的文化之悲？或者换一种更为决绝的姿态，在山水中麻醉自己，如梅妻鹤子林逋隐居于西湖边逍遥流年，"疏影横斜水清浅，暗香浮动月黄昏。"美则美矣，但那般的文化精英又如何能铸起顶天立地的民族之魂呢？即使如白公、苏公残存的一点点兼济天下的情怀，掩映在了长堤烟柳的美景之中，如今又有多少人读得懂呢？

白娘子的不了情

断桥，其名费思量。一说初名段家桥，简称段桥，谐音为断桥——却干巴巴的品不出一丝韵味。一说大雪初停，日出映照，登宝石山南望，断桥向阳面积雪融化，露出褐色桥面，仿佛皑皑白堤到此中断，故名断桥——只是雪湖胜景平素只能凭空想象，内心总不愿苟同。忽发奇想：断桥是否意为断肠桥——白娘子与许仙在此重逢，悲喜交集，却又让法海捉进钵盂镇在了雷峰塔下——越剧《白蛇传》中白娘子唱道："西湖山水还依旧，憔悴难对满眼秋，山边枫叶红如染，不堪回首忆旧游……看断桥未断我寸肠断，一片深情付东流！"

大概没有人会同意我的想法。“断桥残雪”的御碑亭旁，建有水榭，题名“云水光中”，青瓦朱栏，飞檐翘角，乐声响起，总有市民在此翩翩起舞，欢笑声中何苦想起断肠事。就是这断桥也非旧日之断桥，是1921年重建的拱形独孔环洞石桥，五年后徐志摩在《丑西湖》中就已添了一份伤心：“断桥折成了汽车桥。”如此断桥如何寻得见白娘子与许仙。

而我，却执着于这样的答案，四大古典爱情传说中，白娘子怕是最具争议性与悲剧性的人物。小时候，祖父把白娘子与许仙的故事讲得绘声绘色，让我听了一遍再想听一遍，只是有两个问题一直未解：一是不解许仙的愚笨，为何对娘子将信将疑，反而听任法海牵着自己的鼻子走，正是“亲人不信信仇人”；二是不解白娘子何故非要闹到水漫金山动刀兵，而把自己置于不义之地。由是，白娘子一方面赚得了百姓的同情，另一方面又让人觉得白蛇伤害无辜，转而可能称许法海的所谓正义之举了。

只因为织女、七仙女是仙，白娘子是妖？妖，便具有了两面性。在重修的雷峰塔上，听人讲起雷峰塔倒掉的原因：杭州是丝绸之府，家家户户种桑养蚕，而蚕是最怕蛇的了，为防蛇害，蚕户纷纷拆取雷峰塔的青砖回家以镇蛇妖，于是经不住乡民的破坏雷峰塔终于倒掉了。此说未经考证，想必也大有人信，内心却添了一堵，那是白娘子说不出的深深的悲哀。是呵，谁会相信蛇妖呢？就连丈夫许仙也被现出蛇形的白娘子吓得魂飞魄散，昏死了过去。其实，明代冯梦龙编的《警世通言》中，故事名为《白娘子永镇雷峰塔》：许宣（仙）得知白娘子为蛇妖后，惊恐万分，拜法海为师，修炼成功后，修塔镇住白娘子，留警世之言后坐化……这一如今不为人知的故事结局真正令人可叹：蛇形人心的白娘子始终得不到人们哪怕是亲人的理解、尊重与亲近。

所以，白娘子为了爱情，不仅被镇在了雷峰塔下，还付出了败德败名的代价，而得到的爱情又是不牢靠的，满腔悲情该向何处诉？如今的雷峰塔旁的荷花池中，塑有“回家”的生动场景：儿子许梦蛟高中状元荣归，与许仙、小青三人合力斗败法海，接白娘子回家，站立船头的许仙撑伞，儿子与小青搀扶着白娘子上船。那不过一个善良的愿望，实在是一片虚幻，状元郎还是浸润在儒家文化中的，对这样一个蛇精母亲可要怀着多少矛盾的心理呢？在儒家思想三从四德的框架下，重情而不念礼教与闺训的白娘子的悲剧却是注定的：既嫁从夫，一家之主的许仙自然宁信禅师也不信妇人之言；一句“蛇精”的判词轻易否定了白娘子所有的真情，而面对法海所谓的正义判决，白娘子只有殊死一搏救回许仙，方能证明自己的真爱！水漫金山殃及黎民之罪，却总也算不到法海的头上去，只因为他站到了道德的制高点。

冯梦龙编故事的时候，留偈四句：“西湖水干，江潮不起，雷峰塔倒，白蛇出世。”最终等来了鲁迅的答复：“莫非他（法海）造塔（雷峰塔）的时候，竟没有想到塔是终究要倒的么？”算是嘲弄了法海一回，可那笔思想的陈账如何会让一篇文章清算得了的呢？世上总还有法海之类不做本分事却爱管是非的道德家，也有被仁义道德搞糊涂了的“许仙”，面对白娘子般的真情照样会“忘恩负义好狠心，是非善恶全不分”。

非得要补全西湖十景，西湖边的雷峰塔十多年前重建，竟还设置了电梯，旧景“雷峰夕照”得以还原，但这座有着象征意义的塔终究沦为了一座观光塔。刨根问底一下，就如余秋雨说的那样：“我们这个民族，太多的是从西湖出发的游客，太少的是鲁迅笔下的那种过客。”如今，登塔远眺，遥对断桥，饱览西湖秀色的游客还会想起曾经压在这塔底下的白蛇娘娘吗？想起了又会是一种怎样的心态：悲悯还是惧怕，镇压还是解放？更有可能是什么都没想起，只沉浸了一片湖光山色中，再也激不起一丝的涟漪。

温情西湖

家住西湖边，那是一个奢侈的梦想！但不是一个不可实现的梦想，“家”——也可以是一个临时的家。上网预订了房间——新东坡宾馆，一家三口乘车到上海，再坐高铁上杭州，半天时间就把梦想变成了现实。那宾馆离西湖不足百米，安心住上几天，只要有兴致，可以随时欣赏西湖美景。

是呵，只要有兴致，可在拥挤的人流中停下匆匆的脚步，面向西湖而坐，让那颗心静静地随波荡漾；或者于喧闹的歌声中搁下芜杂的心事，面对一张张陌生的笑脸，让那颗心沉浸于现实的温情。

无须匆匆地赶场，把旅行当作了任务。“家”在西湖边，让我们换了一种生活方式，好好品味西湖。即使如寻常生活中的一脉温情，换了一种心境，细细地品慢慢地悟，终于有了一种深深的况味，何况西湖呢？

一

游白堤，登孤山，拜岳庙，再沿着北山街折返。一路走来，忽闻琴音袅袅，沁人心脾。定睛一看，一白衣女子，向湖而坐，十指纤纤，轻拂古筝，乃《渔舟唱晚》。此刻斜阳正暮，曲景相和，顿感城市的喧嚣远去了，呈现在眼前的是山水之趣、古朴之韵。于是，坐下来，点了一杯乌龙茶，慢慢品饮。

此处名为“邀梅揖石轩”，却是盛夏，只见怪石，不闻梅香，湖上荷花盛开，香风扑面田田玉，颇有了几分雅趣。几株古老的樟树遮蔽了阳光，让露天茶座添了一份阴凉。柔长的绿枝条几乎垂到了湖面，北里湖水平如镜，不像外西湖浪涛汹涌，这让人的内心又生出了一份宁静。湖对面是孤山，满山的绿树在落日的余晖中，染成了黄绿色，倒映在湖中，却又显出了酸橙色。悠游的白天鹅划破了这块绿锦，漾出一道细细的白光，优雅了黄昏里的西湖。一群野鸭也慢慢游过，嘎嘎嘎地叫了起来，戏称：野鸭无意绪，鸣噪自纷纷。更有牛人，从对岸传来几声嚎叫，笑曰：忽闻岸上踏歌声。刚说完，一位骑手从湖边呼啸而过，答曰：两岸猿声啼不住。但就是这并不美妙的声响，照样生动了西湖，并不让人感觉心烦。

邻座围坐了一圈人，谈人生谈工作谈理想……儿子大胆地猜想：他们是一群网友，聚在了一起，年长的一位富有人生阅历，所以侃侃而谈，为人解疑释惑。我想，或许那是一个社团。西湖边适宜结社，融情山水，胸怀天下，率性相谈，碰撞出多少思想和艺术的火花。西泠印社不就是诞生在孤山脚下，历经百年风雨，享有了“天下第一名社”之誉。

面向西湖，坐而论道，透出了一种自由的心性，一种淡泊的追求，一种高尚的志趣。

儿子突发异想，对着一杯茶，对着西湖拍照。好有艺术灵感，我说。这西湖的风景就需要静静品赏，于清新筝曲中，于一杯淡茶中，相看两不厌。

二

西湖歌舞几时休？原先读到这一诗句时，总有些义愤填膺，生出一种莫名的恨来：恨歌女，恨游人，恨江山易改，恨流水无情……而真正到了西湖，才发现这是一个沿袭已久的事实。西湖客的脸上总是带着笑，有什么理由不让他们放声歌唱、翩翩起舞呢？西湖的夜歌与晨曲，是喧嚣中的一份温情，也是在悠闲与潇洒中品味出的一份美丽。

西湖有东热、南旺、西幽、北雅、中靓之说，歌舞飘扬的地方最是湖东了。清丽的晨，湖滨公园里，一簇簇的人，一律是老头老太，聚在一起晨练，这边和着悠缓的古筝曲舞起了剑，那边伴着邓丽君缠绵的歌跳起了舞，不同风格的乐曲此起彼伏。惹得妻子心生羡慕，挑个地方，盘腿打坐，面向西湖，微闭双眼，练起了瑜伽，一颗心沉静了下来。

一身白色的练功服，一段悱恻的《葬花吟》，老头儿气定神闲地打起了太极。这是他反复挑选的歌曲，一曲终了，收起了摊儿，闲坐了下来。缘何只爱这一曲：“一年三百六十日，风刀霜剑严相逼，明媚鲜妍能几时，一朝漂泊难寻觅……”让人猜测着他如烟的往事隐约的故事。或许岁月之河的冲刷早就熨平了内心的皱纹，因而听着这般伤感的歌曲还能从容淡定地跨步运掌。而对于面带微笑的西湖客，又如何品味得出那般的悲苦滋味？飘忽而过的忧伤旋律只是一种心灵的调味品。

缤纷的夜，西湖边演绎的是另一般的繁华。十里湖滨，处处可闻悠扬的歌声。专业的乐手在露天酒吧里抱着吉他倾心弹唱，幽暗的灯光，影影绰绰的伞盖，遮掩了恋人的浓情；业余的歌手圈了一小块地纵情歌唱，吸引了许多人围观，不由得陶醉在自己的歌声与观众的掌声里了。除了歌舞，吸引人的是艺术画像，一群长发短辫的小伙，守着一个个摊儿，热情地招徕西湖客，十分钟画一幅肖像。摊前挂满了人物油画，一位女孩坐上了椅子，面向斑斓夜色中的西湖，任凭画画的人捕捉表情，疾飞画笔，可爱的脸庞很快跃然纸上。

湖滨公园最热闹的当属音乐喷泉了，总是座无虚席，外侧也围了好几圈的人。调皮的孩子，穿梭在人群中，弹起竹蜻蜓，旋转着飞起来，于半空中闪闪发光，再悠悠地飘落下来，孩子们快乐得又蹦又跳。音乐喷泉开始表演了，人群中又是一阵骚动，大家纷纷举起了手中的手机相机，拍照摄录。我们站立在后排，眼前晃动着一个个人影，妻子急道："快把我抱起来。"一句话难住了我，也让儿子惊诧不已。此刻，歌声飘荡在嘈杂的声浪里，喷泉婆娑在幻变的夜空里，水即是光，声就是影。婉转动听的歌声中，声化成了水，光追逐着影。喷涌起伏的水柱，或竞相攀高，热烈奔放；或摇曳生姿，柔情浪漫。七彩朦胧的水幕，或如富贵牡丹，优雅开放；或如飘逸飞云，月夜流连。喝彩声不断，安静的倒是孩子了，骑坐在爸爸的肩上，出了神。看那小女孩，她的身子、她的头影、她的羊角辫，随着歌曲《爱我中华》的欢快旋律，有节奏地一摇一晃，笑得咧开了嘴，底下的爸爸也定是乐开了怀。

歌声与笑声的交响，听觉与视觉的分享，用心聆听，用心感悟，忽然觉得生命能在此时此地短暂停留，真好！管什么佳期如梦，管什么譬如朝露，瞬间的温情已是永恒的记忆。

三

一到杭州，妻子就惦念着西湖醋鱼，不是嘴馋，是想品赏一下舌尖上的西湖。而在湖滨公园旁的饭店，菜单上看到了西湖醋鱼，想满足一下妻子的愿望。一看价格，令人咋舌，便知趣而退。

第二天下午，乘船游西湖，登小瀛洲，再穿苏堤，至南山路，打不到车，无奈走下去。忽见路旁一店，名“西湖风味餐厅”，西湖醋鱼的招牌菜赫然醒目。其时，天色渐暗，人已困乏，顿感饥肠辘辘，不想走了。

进店点菜：西湖醋鱼、西湖莼菜汤、东坡肉、地衣炒蛋，一看价格公道，于是安心享受起美味来。东坡肉，味醇汁浓，酥烂而形不碎，香糯而不腻口。西湖醋鱼，平滑油亮，鱼肉嫩美，酸甜有味。西湖莼菜汤，莼菜碧翠，滑嫩清香，清冽爽口。这是一桌杭州传统名菜，色香味俱全，大快朵颐。

尝着醋鱼，喝着莼菜汤，又不由得联想起西湖来。想那无忧无虑的鱼儿，一天到晚在那西湖里游来游去，自由自在，不知疲倦。再想那睡莲般的莼菜，飘浮于渺渺西湖的哪块水面，于清澈的水中舒展着柔软的身段、翠绿的圆叶。那是多么美妙的风韵呢。

但终于酥软软、滑溜溜地钻进了我的嘴里，饱了口福。如何抵挡得了这般的美味？古人诗云：何必归寻张翰鲈，鱼美风味说西湖。是誉西湖醋鱼胜过味美适口的松江鲈鱼。而莼菜，古与鲈鱼齐名，张季鹰思乡情切，被喻为“莼鲈之思”。看来馋是每个人的天性，只不过有嘴馋与心馋之别。嘴馋是本质，心馋是境界。“休说鲈鱼堪脍，尽西风、季鹰归未？”心馋的张翰，想来也是辛弃疾向往的归宿，只不过家仇国恨，让他拍遍栏杆，揾英雄泪。

消散了历史的风云，而今我们一家人，尽尝西湖美味，又享天伦之乐，如何不教人沉醉？这舌尖上的西湖，别有一番滋味在心头。

四

虽已出了黄梅天，可西湖的天气，依旧是阴晴未定。早晨的天空总是布满了云，一大片、一大片的黑云，间杂着几缕淡白的云，阴乎乎的天空，接着了远山，倒映在风起浪涌的西湖，迷蒙了心境。

这样的天气，本是纠结人心的。一会儿，像要迎来了日出，喷薄欲出的光亮激动了一颗焦灼的心；一会儿，天又阴沉了下来，平息了胸中的波澜。不禁让人想起“片时欢笑且相亲，明日阴晴未定”的词句。然而，西湖客却是另一番的心情。于他们而言，似是“亦无风雨亦无晴”，晴也好，风雨也好，一样是风景。

湖上风大，让人猜测着山雨欲来风满楼。果然，一阵急雨袭来，湖边的晨练者，不慌不忙，或躲进凉亭中，或静坐树荫下。我和妻子避雨湖上的集贤亭，从容细品“黑云翻墨，白雨跳珠”之景。望天，乱云飞渡却不觉得苍凉，倒是层层叠叠的云，使那苍穹愈显深邃神秘；看湖，千疮百孔却不觉得狰狞，反是欢愉跃动的雨丝，让那西湖愈显水势浩渺。

这雨不过下了五六分钟，便停止了，太阳破云而出。一个小时后等我们骑着自行车绕行西湖一圈时，天空已是蔚蓝一片，飘着几片轻云。再看西湖，天入水，水映天，水色和天光一样的明净。“卷地风来忽吹散，望湖楼下水如天。”苏轼曾在望湖楼上醉书，写下西湖山雨欲来和雨过天晴的景色。这样的天气我们可曾经历过？也许没有，西湖的天就是这般的神奇多变；也许经历过，但无论如何也想不起来了，只有西湖的水色云天深深地印在了脑海里。

车至西泠桥，西望群山，惊喜发现淡云长卷从天边伸至半空，恍如一缕轻烟袅袅升起。转过孤山，湛蓝天空又多了根细细长长的白线，与卷状云的根部交叉。伫立断桥，“白线”也发酵成了卷状云，薄纱似的缥缈在空中。回到湖滨公园，两卷长云更显轻薄，渐渐交汇在了一起。好美的蓝天白云！而于西湖边，漫看云卷云舒，这又是何等悠闲的心情。

“家”在西湖边，一颗心灵通透了，明白了生命的有与无，看淡了人生的得与失。也真正读懂了西湖客的潇洒随意与脉脉温情，那是一种宠辱不惊、去留无意的人生姿态，一种无风无雨也无晴的精神境界。

邂逅合肥

姗姗来迟的春，惊醒了古老的合肥城。

多年前出差，曾途经合肥城，绕了个圈，走马观花，当时只道这个城市太平常，没有现代的繁华，没有秀丽的风景，没有古朴的老街。这次邂逅，时间稍长，得以细细品味这个陌生的城市，领略了合肥城的风韵，不禁感叹于城之秀、人之闲、史之重。

合肥的性格丝毫不张扬，街道并不宽阔，车行道甚至直逼路旁酒店，一出门，就是来来往往的车流，让我们有些抱怨住宿地的逼仄。散步至淮河路步行街，东西近千米长，少见高楼大厦，热闹是热闹，却不见得繁华。好在合肥有水，古老的南淝河宛如一条玉带环绕城市核心区，让这座城市透出了些灵气。合肥，因东淝河与南淝河在此汇合而得名，古称庐州、庐阳，居江淮之间，巢湖之滨。明代有“天生重庆、铁打庐州”之说，即指两地战略地位重要，皆城高池深，易守难攻。想来那时候的合肥护城河，应该是最连贯最深阔的时期。如今的淝河似断还连，穿绕过城，串起逍遥古津、包园秀色等景点，似翡翠项链，熠熠生辉，徜徉其间，令人流连忘返。

合肥素以“包拯故里”而闻名，出酒店不过百米，便是包河公园。包河其实也是古护城河的一段，想来因包公而改名了吧。包公祠坐落在包河中的香花墩上，四面环水。眺望包河公园，好一方清净之土，虽则有公路环绕，但低探两三米，有环湖碎石小径，中间数座拱桥相连，曲径通幽，喧闹便是他们的了。信步游赏，但见湖面波光潋滟，岸边杨柳依依，楼台隐隐，初春的气息，清新得让人心醉。人水相亲，自是最妙的时刻。有摄影爱好者，支起三脚架，紧盯相机，静候心动一刻；有书法大家，蘸着湖水，在水泥小道上信笔写下一溜百余米长的行书；有晨练长跑者，轻装减束，边跑边游，怡然自得。

与包河公园南北呼应的是逍遥津公园。进得园门，但见张辽塑像，横刀跃马，英姿勃发。逍遥津，原为古淝河上的一处渡口，三国名将张辽在此一战成名，七千守军大破东吴十万精锐，威震逍遥津。千年穿越，硝烟散去，留下了飞骑桥、张辽衣冠冢等遗迹，古战场已成景色怡人的市民公园。诱人的是逍遥湖，小巧而灵秀，中连长长的七孔拱桥，湖畔又有仿古木楼，名逍遥阁，平添了一份厚重。逍遥，想来语出庄子的《逍遥游》，看泛舟逍遥湖上的人儿，着实有点“逍遥”的意境。触景生情，再诵“至人无己，神人无功，圣人无名”之句，似对“逍遥”一词有了深刻的体悟。

串接起包河公园与逍遥津公园的是一段不长的护城河，两侧绿树掩映，亭台水榭，是市民休闲的好去处。阴阴的下午，这里早已挤满了人，一簇簇，聚而娱之。有人对坐于石凳，专心下棋；有四五人围坐于亭中，搓麻将也。热闹的要数歌迷票友了，或置一电视机、点唱机，伴随旋律，引吭高歌；或三五结对，吹拉弹唱，好听的自是安徽的特色曲艺黄梅戏了。游乐于此，不免深受他们的感染，尽享生活之闲趣。这也和城市性格相符，内敛的合肥人懂得如何诗意而优雅地生活，无关物质财富的多寡，都能心平气和，悠闲自得，生活得有滋有味。

护城河畔的游乐一直延续到深夜，此时游人散去，歌声寥落，幽暗的灯光，倒映在静静的流水中，轻诉一份余音袅袅的柔情，亦衬出一片繁华褪去的落寞。不知道此时的游人是喜还是忧，是爱还是憾呢？

来合肥，不能不去李府。清末中兴大臣李鸿章，生于斯，葬于此，别号李合肥。李氏兄弟六人聚族而居，其家庭住宅覆盖了合肥市繁华的淮河路中段半边街，时称“李府半条街”。历经沧桑，如今灰墙黛瓦的李府只有3000多平方米了，留得大门、前厅、福寿堂、走马楼等建筑。其实李鸿章大部分时间远仕他乡，这李府也没住多长时日，所以游李府不是要想象当年的奢华，而是去重读一遍揪心的晚清史。

李府已变成了一个历史陈列馆，设有李鸿章生平展、淮系集团与中国近代化展览，以大量珍贵的图片与实物展示了李鸿章风云变幻的一生。“劳劳车马未离鞍，临事方知一死难；三百年来伤国步，八千里外吊民残；秋风宝剑孤臣泪，落日旌旗大将坛；海内尘氛犹未定。诸君莫做等闲看。”在李府听讲解员诵读李中堂的这首绝笔诗，不禁对这位史书公认的“卖国贼”的心境若有所悟。临终病榻上，李鸿章口占一绝，既有对个人悲剧的伤痛——“临事方知一死难”，亦有对国家命运的担忧——“海外尘氛犹未息”，复杂之心情，难以言说。“一万年来谁著史？八千里外觅封侯。”李鸿章的诗，试问胸胆如何？“少年科举，壮年戎马，中年封疆，晚年洋务，一路扶摇。”李鸿章曾自诩为晚清王朝这座破屋的裱糊匠，裱糊匠虽能将这间破屋裱糊得清光亮丽，但无法挽救其风雨飘摇的境遇。或许，李鸿章至死都没有弄明白悲剧的真正原因。就在他咽气前一个小时，俄国公使还站在他的床头逼迫他在俄占中国东北的条约上签字，而此时的李鸿章已经不能说话了，剩下的只有眼泪。“吾敬李鸿章之才，吾惜李鸿章之识，吾悲李鸿章之遇……”梁启超对李鸿章的评价令人深思。

墙里是凝重的历史，墙外是热闹的大街。再游合肥城，心情分外轻松。这城，这人，与我亲近了许多。时移事往，爱恨早已淡散，不如融入这座悠闲的城市，细细品味人生的美好。

虞山顶上观流年

站在虞山剑门之巅的一刻，我不知道自己是回到了过去，还是飘摇在了未来。面对渐渐西沉的太阳，面对勾勒苍穹的枯枝，面对闪耀湖面的金光，一切熟悉的记忆都在远去，一切陌生的影子却在苏醒，那不就是似水流年之感？

或许在山上，可以远离尘世的侵扰。尽管虞山的主峰锦峰并不高，只有263米，却能看到一幅旷远的风景。两棵古树拥抱着太阳，细密的枯枝分割了青灰色的天空，分割了流年的记忆，炫目的太阳熔化了思维最敏感的触角，燃烧起一片诗意的辉煌。尚湖如镜，映照着苍茫的时空，那缕金黄色的光亮，铺洒于静寂的湖面，沉淀于广阔的大地，游动于跌宕的心胸，无声的光影凝聚了时间的芳华。

那像是一个洪荒的年代，让人忘记了身在繁华的江南，恍如回到了江南先祖虞仲垦荒之初，或是更久远的蒙昧之时。在自然的壮阔之景中，突然发现历史的苍白，暗淡了刀光剑影，远去了鼓角铮鸣，一切都在时光的流转中消逝得无影无踪。也会发现人生的缥缈，抖落了一身的尘埃，消磨了世间的温情，一切都在自我的静观中变得无牵无挂。我们在所谓的文明里浸淫得太久，故作沉思的时候，其实背负了太多的包袱。只有面对自然的雄奇，才会低下高贵的头，卸去所有的伪装，见到本真的心性。只是那勾魂摄魄的风景难免让人生出一丝矛盾的心情，呆立的同时却又怕坠入了虚空，毕竟俗世的温馨对于我们有着太多的诱惑。

从拂水双桥西行百余米，至松风亭，回望锦峰剑阁，仿佛已是隔山相望，放眼山下尚湖，依旧泛着金光。“巨阙奔云东走，晴岩拂水西回。”亭柱上这一对联对眼前风景作了生动描述。移步换景，转身便已穿越了一回，方才意识到这是在自古繁华之地常熟，也是有着深厚历史文化积淀的江南福地。

拂水岩上松风亭，为一四方石亭，距民族英雄瞿式耜墓不足百米，一说松风亭由瞿墓石坊联“古涧风回千壑响，寒潭影落万松枝”而得名。这是常人所忽略的风景，因为这是一个陌生的名字，一段鲜为人知的历史。瞿式耜奋起于晚明飘摇的历史中，算是不识时务之人。1644 年，李自成攻克北京，福王在南京建立政权，归隐常熟十六年的瞿式耜毅然出山，出任应天府丞，旋擢为右佥都御史，巡抚广西。后以广西为根据地抗清，三次击退清军进攻。最终城破被囚于桂林风洞山，1651 年 1 月英勇就义。

民族危亡之际，瞿式耜勇敢地站了出来，奋力撑起一个破败的南明王朝，留下的则是一股浩然正气。他也被尊为民族英雄，留名青史。1650 年，南明朝臣互诋，粮饷匮乏，清兵自全州进，桂林大乱，城中无一兵，瞿式耜独不去，与总督张同敞相对饮酒，赋诗唱和，得百余首（后来汇编为《浩气吟》）。正如他临刑前作的绝命诗：“从容待死与城亡，千古忠臣自主张。”行刑时，二人行至桂林城北叠彩山，眺望远处，桂林山水满目风光，瞿式耜便对刽子手说：“我生平最爱山水佳景，此地颇佳，可以去矣！”康熙十八年（1679 年），孙瞿昌文将其尸骨迁葬于虞山拂水岩。想来这里应是瞿式耜的最爱之处——“江流天地外，山色有无中”，何等开阔壮美之景。

流年静默，淡去了历史的烽烟，留存的是高尚的气节，那是平和的年代里难以察觉的也是最宝贵的品质。瞿式耜早年拜钱谦益为师，论学问，论官职，论名声，他一样也比不过老师，唯有在气节上，远胜于投降清廷的钱谦益。瞿式耜在南明永历朝被追谥为“文忠”，清乾隆时又被追谥为“忠宣”。而钱谦益，只能卑躬屈膝地做一个奴才了，甚至连奴才也做不成——晚年又秘密抗清。憎恶他的乾隆帝下旨禁毁钱谦益的著作，并命人将他写入《明史·贰臣传》。钱谦益的墓就在拂水岩下，其撰书的对联以孤花自况，“遗民老似孤花在，陈迹闲随旧燕寻。”却是花在魂去，人也孤，心也孤，墓也孤。

山上山下，墓葬的选址是否体现了一种人生的高度？自然，苟活于世的遗民，其内心的痛楚与悲凉谁又体悟得了。可在一个战乱动荡的时代，气节是最要紧的。如何求得一种从容的心态？唯有把生死置之度外。否则安身了又如何立命，那颗灵魂只怕永远地孤独无依。

回到锦峰剑阁，已是日落时分。悬崖巨石边，站立着几位摄影爱好者，守着三脚架上的相机，紧盯着天边的夕阳。暮霭沉沉，更显天广地阔，孕育着一份慷慨之气。我喜爱的是古阁雄姿，飞翘的檐角挑起了西沉的太阳。于是，斑驳了时光的剑阁，落光了叶子的古树，掩去了面容的今人，一切都变得轮廓分明，流年的剪影在我无尽的想象里飞扬，飞扬……

在那东山脚下

风景总是山上的好！这是我们在旅途中总结了不知多少遍的经验，并演化成了一种潜意识：遇山，则喜登高而望；遇水，则愿伫立而思。尤以拗相公王安石的总结为甚：夫夷以近，则游者众；险以远，则至者少；而世之奇伟、瑰怪、非常之观，常在于险远……然而，在上虞的东山，我喜欢的是山脚下的风景，喜欢的是漫步湖边悠然望东山的一份宁静与安详。

东山再起，其隐含的政治内涵对于俗世之人总是有着巨大的诱惑力，大约不输于华山之险峻风景对于游客的诱惑，不管仕途充斥了多少凶险，再度得势定会让扬眉吐气之感发挥到极致，这是人生多大的欢欣与诱惑呢？所以，东山引诱人的便是谢安故里——年轻的谢安辞官隐居，就高卧于东山。如今的东山建有太傅祠、谢安墓，正在山顶之上。

可我不喜欢东山顶上的风景，于峰巅之上却感觉不到风景的开阔，于僻静之处却感觉不到内心的平静。大约这儿的国庆寺正在重修，更是生出了一份杂乱之感。紧挨在边上的谢安墓所谓“负阴抱阳、藏风得水”，却不免显得有些局促。这是近年重修之墓，其魂零落他乡千年，如今得以归乡，也算是一件幸事。遥想谢公当年，斗桓温，扶大厦之将倾；战淝水，挽狂澜于既倒。然功高遭忌，隐居东山的志趣始终未失，每每露于形色。东山，是谢安再起的地方，更应是他内心向往的归宿。

离开寂寞冷清的山顶，一会儿便至山脚下，一湖半抱，景色虽不奇异，但湖光山色，给人一片宁静之美。白鸥翔飞于水面，又划过一道灵动之光——那双轻柔振动的翅膀，那颗留恋戏水的心，一下子打动了我们，争相下车拍照，细细体会这平常风景中的不平常之处。一切的美景都是要用一颗心静静体会的，躁动的旅途上无论如何是发现不了美的。所以，即使我们走得很仓促，也要捡拾一片美景，带在路上，印在心底。

山回路转，没几步，忽现一片广袤的稻田，恣意地铺展到远方，直至白墙黑瓦一排整齐的农家小楼，直至群山绵延一抹青色的天际曲线。丰收的季节里，金黄是最诱人的一种颜色；夕阳下，那又是最温馨的一种等待。等待着收割，等待着回家，等待着岁月悄然的轮回……此刻，蓦地明白了，桃源不只是飘忽在我们的想象里，隐约在采菊东篱下的优雅气度中，也存在于现实生活，混杂于田野里飘来的丰收号声中。或许某一天，桃源就会闪现在你的眼前，只要有一颗淡泊之心，就会欣赏一份淡然之美。

车子绕行在曹娥江畔，东山渐渐隐没于群山，但风景并未远去。因为有水的映衬，反而更有味了，尤喜水边的簇簇芦花，增添了一份无以言说的风韵。远山近水入画图，稀疏芦花风中舞。水天一色，青绿澄碧，那翻白的芦花是最清纯最可爱的了。落日熔金，映于水中，衔于芦花，更是给这片风景涂抹了一层辉煌的色彩。一叶小舟，泊于岸边，静听夕阳的呼唤，任凭芦花的招引，都在默默咀嚼一天里或是一生中的坚守，寂静中饱含了一份人世间的温情。

其实，那风景的旁边就是一个嘈杂的马路市场，然而我的内心却感觉了一片安宁；其实，那芦花是我家乡最常见的风景，但今天那东山脚下的芦花深深地打动了我。因为我的眼中，有绵延的山，有宽阔的湖，有沉醉的夕阳，有静美的晚归……所有的一切，都在芦花的摇曳中顾盼生辉，也生动了一个世界。

晨游古华园

丝丝清脆的鸟鸣声穿透了木格窗，穿透了我的梦境，朦胧中感觉这是一个清丽的晨——春眠不觉晓，处处闻啼鸟。继而回过神来，这是在一座陌生的城市陌生的宾馆，紧挨着一座古色古香的公园……于是再无睡意，按捺不住内心的激动，一骨碌翻身起早，游园去也。

街道上行人稀少，宾馆门口的保安诧异地盯了我两眼，但隔壁的公园里却已是游人如织，这游人尽是晨练之人，亦多为白发苍苍之人。只见他们有说有笑一圈一圈矫健迈步，或是气定神闲一招一式绵柔太极；有爱武之老头花拳绣腿乱舞一气，闹得个气喘吁吁，却同样心满意足，归去在绿荫小径，又清清嗓子吼上两声，回荡在早晨清新的空气中；也有淡定之人漫步湖滨，一路悠闲地听着沪剧唱段，踱步至亭桥中央，立定身子，轻倚栏杆，掏出一袋面包屑，一点点洒入湖中，引来一群鱼儿争相啄食，不禁让我怀疑他与这湖中的鱼儿有个约定。

看着这群老人，感叹时光易逝的同时，忍不住要深深地思考一下什么是生活，什么是生活的至尊境界。就像在这金子般的早晨，有多少都市青年贪恋于清新空气，沉醉在七彩晨曦，品味着悠闲时光？或许，我的心灵正在向老年靠拢？可我还感觉得到年轻的呼吸。

爱这幅生动的风景，也爱这份悠久之意境。公园名为古华园——古华，奉贤之别称，寓古隶华亭之意。白墙黛瓦，掩映林中，湖畔水榭，柳丝轻拂，好一派江南园林之韵。现代城市里有着一处古意盎然的建筑，那便是最好的点缀了。现代展示的是繁华，古意展示的是优雅。少了这份优雅，城市再繁华也会显得粗鄙。

从东南偏门入，眼前便是小桥流水之景，一侧是伞顶凉亭，一侧是仿古石舫，绿荫古韵，和谐相融。立于石桥，正对着小巧的二道园门，两侧挂有一副对联：双亭桥桥外有桥水清云淡一览桥乡古貌，古华园园中含园柳翠花艳尽展园林新颜。光看这副对联还明白不了其中的意味，穿过门，便豁然开朗，棵棵杨柳环绕偌大的一个湖，映出一幅宽阔而明净的画儿，双亭桥横跨于湖上，静影沉于湖中，细品则有水清云淡的意境来。岸拂垂柳小西子，桥驮凉亭瘦扬州。湖畔亭柱上的对联让人联想起杭州的西湖、扬州的五亭桥，这样的比喻不免贻笑大方，却又心动于这般的风景。于我，对于风景的要求，不过是一汪碧水一隅心静，清风明月古道雅亭皆是景。再至双亭桥上，又见一联：云卷云舒无意，花开花落有情。则有恍悟之感：云无意，花有情，人又何苦有情无意，且看云卷云舒，且听花开花落，应无所住而生其心。

然而，世间能有多少人真正做到宠辱不惊，去留无意。双亭桥又名同心桥。相传在明朝那阵子，奉贤北行出了个文状元，岳丈家在南行；南行出了个武状元，岳丈家却在北行。两人南来北往，坐船骑马，互相炫耀，唇枪舌剑，斗个不止。最终惊动了皇上，赐书“同心桥”。文武两状元方才心生愧疚，想想不该为一点“面子”而意气用事，从此同心言和，共为家乡建设出力。

不过这只是传说罢了，带有规劝之意。奉贤人铭记的倒是“廉石还乡”的张弼——明成化二年进士，历任兵部主事、员外郎，南安知府。张弼告老还乡，将一只大箱置于张府宅第大厅上，一面招待客人，一面命僮儿打开箱子，抬出了一块青石，在几株修竹旁竖立起来。张弼告众人：归乡只带南安石一块，一是路上用来压船，二是以传子孙后代。数百年后，这块廉石仍屹立在江南名园醉白池修竹林中。而在古华园里，奉贤人修了座小小的“东海亭”（张弼晚年自号东海翁），留下一副对联：“廉石还乡醉白诲后人，飞墨传世吴中忆草圣。”张弼为明代著名书法家，时称“吴中草圣”，据传：“酒酣兴发，顷刻数十纸；疾如风雨，矫若龙蛇，欹如坠石，瘦若古藤，狂书醉墨……”情注笔墨间，心在尘世外，这是让人仰慕的境界。

清晨里，落寞的是古戏台，飞檐翘角，朱门花窗，无言中述说着远去的历史。戏台上两副楹联十分醒目，前台红柱上挂的是：“言子重尝放喉歌盛世，三女魂醒舒袖舞太平。”后台壁柱上挂的是：“三尺舞台千古兴衰史，四方演员世间冷暖情。”言子，名偃，常熟人，春秋孔子三千弟子中唯一的江南人，故称南方夫子，道启东南。奉贤因言子曾来此、里人崇奉贤人而得名。古华园照壁背面的青石浮雕，刻有言子讲学的场景。“三女”指的是吴王夫差的三个亲生女儿，吴越争霸，吴王夫差败逃此地，恐三个女儿落入勾践之手，便将她们活葬于此。

古华园据“吴王葬三女”的历史传说建有“三女岗”、“三女祠”景区。我虽不喜太平盛世一说，但忆古惜今又何尝不感觉人生之美好。如今的我，在一个鸟儿鸣啭的早晨，在一个空落落的戏台前，静静地看一幕无人演唱的大戏，似已看透了千古兴衰，尝遍了世间冷暖，却又能真切地感受到当下流淌的静好时光……

时光，浸润在浓浓古意中，悠远了一个诗意的春晓。

当爱已成往事

爱情的奇妙之处就在于无论它是圆满还是缺憾，那都是一种美，且应是人生里最美的印记。当然，那种美并不是每个人都能欣赏，尤其是对待残荷似的爱，当局者自是迷，就是局外人也多会以世俗的标准来蹂躏传说中的爱情。当爱已成往事，似乎只配一声叹息，好比秋虫的呢喃，转瞬淹没在昨夜西风中了。

记得是在一次去上海的旅途中，客车上的电视里播放了林忆莲的专题片，印象最深的便是那首《当爱已成往事》，还有她和李宗盛的爱情故事。两人因为这首歌而相识相爱，但这段爱情最后也成了往事，上海则成了李宗盛的伤心地，在这个城市他终于失去了林忆莲，用他自己的话来说是“失去人生好大一块”。“只要有爱就有痛”，这一句歌词似是一语成谶，不禁让人唏嘘一番，感怀良久。只是中国人总有着根深蒂固的“戏子无情”的观念，他们之间的分分合合算不得爱情的传奇，一曲唱罢，烟消云散。我的思考也就没能继续下去。

再想起这一个命题是在绍兴，勾连起的是传说中的爱情：梁山伯与祝英台。

传说中的祝家庄位于上虞市丰惠镇，三面环山，是个宁静的小山村。近年新建的祝府门庭冷落，却有亭台楼阁，尽显古韵幽雅，在这里适合于想象一缕早已飘逝的唯美爱情。“无物拟相思，寂寂楼台花落落；今生终不负，潇潇风雨蝶依依。”英台楼前的这副楹联更是刻画出了一种悲寂的情调。进门，四幅国画屏风生动描绘了梁祝的精彩情节：三载同窗、草桥结拜、十八相送、楼台相会。这不由得让人一下子沉浸在了虚空的忧伤中，我的耳边回响起小提琴协奏曲《梁祝·楼台会》的音乐——凄婉的旋律缠绕在小提琴与大提琴的琴弦上，时分时合，如泣如诉，恰似山伯与英台互诉衷肠，缠绵悱恻。上楼，则是英台的闺房，塑有梁山伯与祝英台的蜡像，两人相偎而立，低眉凝眸，恍若于沉默中坚定了生死之约。这不似音乐中柔弱的气息，而是于无声处听惊雷——仿佛听到了下一段“哭灵投坟”的音乐，板鼓闯入，声声敲击，难抑悲愤之情。走到阳台，但见远山逶迤，淡翠一片，点滴相思，化入自然。

假如那一天，山伯与英台看到这片阔远而美丽的风景，心中泛起的究竟是一份对人世的决绝还是留恋？今人不知，或是不解，好好生活着的英台何以要殉情？为了证实传说，“祝府”的布置假设在了东晋，还以蜡像再现了祝员外宴请王羲之、谢灵运的场景。细想来总有点离谱，其无非是要说明祝家为豪富，而祝员外将闺女许配给马太守之子马文才，岂不是一场门当户对的美满姻缘？殊不知，爱情属于物质，更是属于精神；如果没有物质的基础，那爱情成了幻梦，可如果舍弃了精神上的追求，那爱情便会枯亡。所以，当爱已成往事，对于梁山伯与祝英台而言，爱情却已升华成了一种信仰，一种以生命作抵押的追求。那不同于李宗盛、林忆莲唱的那般：“只要有爱就有痛，有一天你会知道，人生没有我并不会不同。”尽管那歌声也是满怀伤悲，透出人生的无奈与苍凉。

祝府中借用陈寅恪之语“独立之精神、自由之思想”来形容梁祝的意义：“梁祝的爱情故事能够古今传唱，经久不息，是因为它带着人们对自由爱情的渴望、追求，也让人们体验到了爱情理想的力量和为爱付出的壮美画面。”

俗世的纷扰中，爱情有着太多的演绎和注解，我们没有理由去苛责浅薄，但也没有理由去嘲弄高尚。只要心中有一块爱情的圣地，那就永远会寻着一份令人惊艳的美。

在绍兴的“爱情主题公园”——沈园，我照下了一幅《残荷映日》图，朋友惊呼：美！原以为“映日荷花别样红”才是一片美景，可这枯立水中的残荷意外拨动了心弦。是啊，那一种孤独无助之态，不禁让人联想起劳燕分飞后的落寞来。当爱已成往事，谁念西风独自凉？

红酥手，黄縢酒，满城春色宫墙柳。东风恶，欢情薄，一怀愁绪，几年离索。错，错，错！春如旧，人空瘦，泪痕红浥鲛绡透。桃花落，闲池阁，山盟虽在，锦书难托。莫，莫，莫！

世情薄，人情恶，雨送黄昏花易落。晓风干，泪痕残，欲笺心事，独语斜阑。难，难，难！人成各，今非昨，病魂常似秋千索。角声寒，夜阑珊，怕人寻问，咽泪装欢。瞒，瞒，瞒！

陆游与唐婉题和的《钗头凤》刻于沈园中的旧壁上，人来人往中不知谁会读之生情。其实，沈园为沈姓富商的私家园林，不过是陆游与唐婉的邂逅之地，就此写下了两首词，也留下了永久的名——虽未载入史册，但广泛流传于民间。这便是那爱情神力的作用吧。

据《历代诗馀》载，陆游年轻时娶表妹唐婉为妻，感情深厚。但陆母不喜，威逼二人各自另行嫁娶。十年后（南宋绍兴二十一年，公元1151年），陆游春游沈园，与唐婉不期而遇，“怅然久之，为赋《钗头凤》一词，题园壁间。”传说唐婉读后，感慨万千，亦提笔和词一首，不久愁怨而死。

当爱已成往事，陆游与唐婉两个痴心人依然解不开爱情的千千结。想象两人蓦然相逢的那一天，沈氏园内姹紫嫣红开遍，花落闲池，不意间触动诗人陆游的忧郁之情：求功名，功名无缘；思爱人，爱人已去。恰在此时，一个锦衣女子从身边飘过，香如旧，梦似昨，那不正是日思夜想的婉儿吗？四目相对的刹那，百般滋味涌上心头。人成各，意阑珊，她的身边已有如意郎君相伴，如何细诉离别思念之情？何况她的丈夫越中名士赵士程，一样的风流倜傥，曾在一纸休书上签下大名的自己有何颜面直视这对恩爱夫妻？只怪自己错、错、错！

却说唐婉，步履轻盈间忽地感觉了心灵的震颤，那早已痊愈的伤口再次裂开，是被一道熟悉的目光生生地撕开。曾记花前月下，吟诗作对，一唱一和，丽影成双，可不知为何世情如此凉薄，母命如此难违，相爱难道是一种罪？夫君赵士程亦是谦谦君子，宽厚重情，本以为此生淡然而过，一切随缘，殊不料在此重逢，是喜是悲是怜是怨？罢了，差人送去一杯酒，也算了结旧日恩情，只怨人生难、难、难！

春风万里外，心事一杯中，酒入愁肠化作相思泪。陆游独斟独醉，昨日情梦，今日痴怨，尽绕心头，于是提笔在粉壁上题了一阙“钗头凤”……

那一天，也让陆游牵记了一辈子，他为这位前妻作了一首又一首的新诗。告老还乡后，又常常旧地重游，默默祭奠早已无奈花落去的爱情。

城上斜阳画角哀，
沈园非复旧池台。
伤心桥下春波绿，
曾是惊鸿照影来。

那是在唐婉逝世四十年后，75岁的陆游写下的《沈园》二绝句中的一首。一位古稀老人，沧桑满怀，放翁的内心依旧放不下他的婉儿——春去春又来，却非旧池台，惊鸿一瞥，便是一生。又过了近十年，84 岁的陆游（一年后辞世）不顾年迈体弱再游沈园，作《春游》诗：

沈家园里花如锦，
半是当年识放翁。
也信美人终作土，
不堪幽梦太匆匆！

与“执子之手，与子偕老”的完美爱情所不同，陆游与唐婉的爱情则是“同心而离居，忧伤以终老”。当爱已成往事，他们并未放弃自己的追求，虽已是镜中花水中月，却拥抱着爱情的幻梦度过了一生，那又是怎样的一种境界？当是超越了生死的情怀！

所以，我深深记得沈园里枯立的残荷，不管游鱼的嬉戏，不管游客的喧嚣，秋风里静静地勾勒出简洁的线条，透出一种与众不同的美，那可包裹了曾经沧海的惊艳往事，也蘸满了断肠天涯的血与泪。季节的凌迟里，残荷以最孤寂的方式展示了永恒的美。

西施梦

诸暨，西施故里。浣江穿城而过，于郊外的苎萝山下转了个弯，名曰“鸬鹚湾”，西施浣纱石便在这江边，西施殿则坐落于山脚下，隔江对望着金鸡山上的范蠡祠。如此美景似乎寓含了人们对于西施所有美好的想象：水边浣纱，静看江流婉转；山中对歌，远听秋日私语；林间漫步，执手爱人同归。

向来以为，西施是古代四大美女中结局最圆满的，没有昭君的远嫁之悲，没有貂蝉的流离之苦，没有贵妃的替罪之冤。自古红颜多薄命，传说中的西施却得以功成身退——帮助越国战胜了吴国，又与范蠡泛舟太湖逍遥一生。这种大团圆的结局符合中国人传统的审美心理，因而也得到了最广泛的认同。但细想之，这个梦经得起谁来拆?

西施殿上，让人感慨的是四个字：以身许国。赞颂的是西施的慷慨义举，却又让人费解：女人以身相许，许给的是爱人；以身许国，该怎么许法？历史的想象是：卧薪尝胆、图谋复国的勾践把西施献给吴王夫差，成为吴王最宠爱的妃子，西施终将吴王迷惑得无心国事，众叛亲离，极好地掩护了勾践的东山再起。

然而，一边是美女救国，一边是红颜祸国；一面是女神般的英雄，一面是妲己似的妖姬。这样的传说能够成真，至少对西施有着两方面的考验：一是得有坚贞的信仰，永远不变心。公元前四九四年，越国战败，四年后，作为人质的勾践返回越国，将美女珍宝贡献于吴国，西施、郑旦便在其中。公元前四七三年，勾践灭吴。要知道胜利的那一刻西施已在吴宫里生活了近二十年，青春已不再，她的那颗心，对祖国、对最初的情人范蠡的爱还是那么真切而强烈吗？二是要有表演的才能，天天向着仇人夫差装笑献媚。其实，吴王夫差是真心爱着西施的，而且爱过了头，变成了宠爱，西施有求，夫差必应。为博宠妃欢心，吴王命人在灵岩山上大兴土木，为西施建造了一座华丽无比的行宫“馆娃宫”；又专门为西施筑“响屐廊”，数以百计的大缸，上铺木板，西施穿木屐行走其上，跫然有声。对这样一位英雄霸主、柔情君王，那么长的时间里难道西施会丝毫不动心，还一直处心积虑要迷乱他的意志搞垮他的王国？真若此，西施的内心也够毒的，这副巾帼英雄的面孔又非我们想象得出，更不是我们所喜爱的西施。

由是我想，西施忍辱负重，以身许国，言重了。大约也是身不由己吧，美女至多是勾践复国大业中的一个微不足道的马前卒。即使如传说中那般西施成功实施了美人计，实现了曲线救国的目的，那也轮不到西施去邀功领赏，甚至连周围人替西施歌功颂德一下也是奢望。因为已成霸主的勾践，彰扬的定是自己的卧薪尝胆与英明决策，兔死狗烹，连文种都留不下的勾践，决不会把复国的功劳让给一位无足轻重的所谓“以身许国”的美女。而在君臣眼中，此时的西施怕已成了红颜祸水。司马迁的《史记·越王勾践世家》中将勾践的成功归因为三点：一是“坐卧即仰胆，饮食亦尝胆”的卧薪尝胆之志，以及身自耕作、礼贤下士的同甘共苦之风；二是采用了大夫逢同提出的“结齐，亲楚，附晋，以厚吴”的正确战略；三是听从了范蠡的用兵建议，等吴王夫差杀了伍子胥、北会诸侯于黄池之时，适时发兵，把握了战机，奠定了胜势。其中，并没有提到美人计，更没有提到西施。倒是说起了勾践进献美女宝器的事，那是勾践请降遭拒后，文种建议：“夫吴太宰嚭贪，可诱以利，请闲行言之。”于是勾践以美女宝器令种闲献吴太宰嚭。嚭受，最终帮着说话让吴王答应受降。而伍子胥之死也与西施无关，是因为“使子胥于齐，闻其托子于鲍氏，王乃大怒，使人赐子胥属镂剑以自杀”。

中国的历史舞台上，从来不允许女人干预政事，即使贵为女皇武则天之类政治人物，也或多或少地被妖魔化了。因此，乱世中的红颜定是“空有亡国恨”，如明末的“秦淮八艳”，其高尚的民族气节反衬出明末官员的贪生怕死，可这江山还是得由一帮男人来争夺，女人以身许国又能改变得了什么，自身的命运也是身世浮沉雨打萍。而要说到巾帼救国，多的是木兰从军、穆桂英挂帅的故事，像西施这般以美人计成功救国的例子也像是绝无仅有。清末“庚子之乱”中，名妓赛金花也有救国之举，因与八国联军统帅瓦德西是旧识，便劝说他不要滥杀无辜，保护北京市民，算是施了回美人计。但她救不了国，反倒折射了这个国家深深的悲哀。

还是回到关于西施的传说中来吧，细细梳理下来，故事一定会是冰冷的结局。诸暨市越剧团排演的越剧《西施断缆》，讲述的是西施入吴前的矛盾冲突，西施不愿入吴，憧憬着和情郎范蠡成婚，知道真相后先是想毁容，后失望之极愤然投江，幸被救起。最后在勾践相求下，西施审时度势行大义，忍辱负重接旨令。和情人作别时，西施也明白这一去再也回不来了，而劝范蠡另娶淑女。戏的高潮是越人相送西施、郑旦入吴，船儿解缆时，范蠡等人紧紧拉住缆绳不放，西施决绝地砍断了缆绳，这既是对以身许国的决绝，也是对爱情告别的决绝："绳缆断，焉回首，情长遗呵仇不留……"这部戏在断缆后落幕，但由此想象开来，入吴后的西施，身怀救国之情，而把自己变成了一位祸国殃民的妖姬，到了最后勾践不想留她，范蠡不再爱她——即使还残留着那份爱又如何承受得起周遭的议论，这是西施逃脱不了的悲惨结局。电视连续剧《西施秘史》中，越国终于战胜了吴国，吴王夫差托付范蠡照顾好西施，夫差死后西施一身素衣为他守孝，勾践则对西施冷若冰霜，将夫差的人头送给了她。西施终在范蠡的追喊中跳楼自尽。

此情此景奈何天？从入吴之行起，西施就被推上了祭台，但这只是悲剧的开始。西施并不怜惜她的生命，甚至不顾惜她的声名，悲哀的是眼前掠过一颗颗虚伪而冷漠的心——先是被国仇家恨吞噬了理智的心，而后被胜利复国膨胀了权欲的心。

所以，更合理的演绎是，最终西施发现越国的胜利并不属于她：

一队人马冲进了吴王宫，领头的正是勾践——当年求她入吴的越王，脸上流露的是一股杀气，早已不是当年的谦卑之态。

"哈哈哈！"好陌生好阴森的笑声，"夫差，我和你，谁是英雄？"

"勾践，能不能答应我最后一个请求。"夫差无力地说，"放过西施！"

"好！爱美人不爱江山，本王成全你。"

残烛幽幽，夫差再深情地望一眼西施，猛地拔剑自刎，血溅罗衣。

西施闭上了双眼，静想吴王宫里的朝朝暮暮，第一次发现自己早已属于吴国，属于吴王夫差。

宫殿里死一般的寂静。勾践环视着空荡荡的大殿，最后目光定格在西施身上。

"杀！"沉默半晌后，勾践神色坚定地吐出这一个字。

扑通一声，范蠡双膝触地，伏身叩首："念西施有功，请大王开恩。"

"西施之功，何言？夫差之德，何如？"勾践反问。

众臣无语。

"不必相求了。"西施凝视着范蠡，又将清冷的目光转向勾践，平静地说，"只望大王将我与夫差合葬。"遂奋身而起，触柱而亡。

会不会有不死的结局，也许有，但生不如死——活下来的西施会疯的。要知道，西施有着两个国、两段情。越国胜利的那一刻，祖国不再需要她，敌国已变成了灭亡了的祖国；情人不敢爱她，曾经的仇人却变成了阴阳两隔的亲人。

此时，死也是西施最好的结局。

似乎诸暨人懂得西施梦，将她尊为荷花神女。质本洁来还洁去，西施执着的应是那一份清纯，不需要荣华富贵，不需要君王恩宠，不想以身许国，也不想忍辱负重，只想简简单单做一个永远的浣纱女，让人世间的爱恨情仇沉淀为浣江里千年缠绵的水草。

寂静的小院

短短两天的海宁之行，能够在回忆中细细品味的不是汹涌的钱塘潮，更不是喧闹的皮革城，而是两座寂静的小院：静安精舍与安雅堂，分别是王国维与徐志摩的故居。

海宁人自称为“潮乡”。若你第一次听到这样的称号，一定会茫然不知所云了，继而又会哑然失笑：偌大的中国，观潮听海的地方多的是，何以让海宁人独占这一美誉？而当你领略了海宁潮狂放之气势，当你钦慕于名人才子风流之气度，你就越来越觉得“潮乡”比“鱼米之乡、丝绸之府、皮革之都”的称号更能勾画海宁这方水土这方人的神韵心魂了。“潮乡”人尊王国维为“潮的最高境界”，又敬徐志摩为“诗化的潮魂”，从而将海宁的潮文化演绎得更为飘逸、灵动，隐隐地含了一股横扫天地的尊傲与韧性，而这分“潮”气又内敛于寂静的小院，悄悄地来，静静地看，方能品味得出。

静安精舍位于盐官镇僻静的钱塘江边，三间两进，坐北朝南，粉墙黛瓦，不同于周边的现代民居，简洁中透出了一种古朴的意味。而我羡慕的是小院离江边太近了，潮来时，坐于屋内屏声静气，定能听到轰隆隆的潮声，有如千军万马杀声震天从远到近滚滚而来。想象这时有率真的孩童狂奔出去，来个百米冲刺，还能一睹钱塘潮“惊涛拍岸、卷起千堆雪”的壮观景象。不知幼时的王国维有没有这样的兴致，甚或沾染了钱塘潮的气质没有？这一切尽在我的臆想之中了，虽则王国维在这里度过了他的青少年，但人们一定不会把观堂先生与这样的举止联想起来。幼年失恃，家境贫寒，身体羸弱，王国维的童年似乎是寂寞的，性格像是逐渐忧郁起来，“偶开天眼觑红尘”，国学大师的称谓又给了他一本正经的形象，何以有轻快的童年？

可我宁可信其有，因为他有着一股莫可名状的激情，似钱塘潮一般的狂勇而怪异：十六岁乡试中秀才，被推为“海宁四才子”，却在一年后杭州府试中弃笔离场；学术上既能埋头读史，醉心诗词，又会钻研康德、叔本华的西洋哲学，这样的兼容并蓄，却甘心脑后永远拖着一根辫子；主张“诗人对宇宙人生，须入乎其内，又须出乎其外”，却在国民革命军北伐逼近北京之时，留下“经此世变，义无再辱”的遗书，自沉颐和园昆明湖而死，他最终没有“出乎其外”，为国学史留下了最具悲剧色彩的“谜案”。故而有人评说：“他（王国维）与后主（李煜）、稼轩（辛弃疾）等其诗人相比则智多而情寡，与叔本华、尼采等真哲人相比则智寡而情多。”

小小庭院，号“娱庐”，围着的是高高的墙，觉得不太和谐，让人生疑是不是旧时模样。院门口，竖了一尊王国维的半身铜像，旁边立有一尊瘦长而抽象的石像，却比皮帽长袱的逼真铜像更能传神，脸部寥寥几笔，凸出的镜框、下垂的眼睑，刻画出了观堂先生忧郁的神情，似为自己的生活发愁，又像是懒得搭理人家，沉醉于自我的心灵世界，有如阮籍的“白眼看人”。而我们这些整团整队的观光者，热闹而来，嘈杂而去，如何能赢得先生的“青眼”？恨不能住上一段时日，在这寂静的小院里与先生对对话，自然还可以每天听两回潮声，冥想外面翻腾的世界；或是感喟于先生《人间词话》中的“三级境界说”，“独上高楼、望尽天涯路”——远眺苍茫江海，人生意境顿时宽阔了许多。观堂先生正是从这里起步走向广阔天地，成为学贯中西、博大精深的学术巨子。而浏览着小院书房内大师的手迹、拓片、照片，除了崇敬，还有一丝慨叹：“最是人间留不住……”

离开海宁前，恋恋不舍地去了一下安雅堂——徐志摩故居。前夜漫步城区，误入西山公园，昏暗的灯光下曲径通幽，转至惠力寺、紫微桥，静静地品赏江南水乡的一份古韵。路牌提示，徐志摩故居就在附近，既已结缘，总不能错过了，暗夜里游不得，临行前也要补上。下午三点多，奇热的天气，暮春时节已是盛夏的味道了。随着导航从宽阔的海洲路毫不费力地找到了狭窄的干河街，车水马龙，两侧浓密的梧桐树增添了一份凉意。这时，一幢中西合璧砖木结构的两层小洋楼映入眼帘，迥异于周边的建筑风格，这便是徐志摩故居，显得质朴典雅，当年却是一座突兀的豪宅。说是故居，其实是1926年徐志摩和陆小曼结婚前修建的新宅，有冷热水管、电灯、浴室等设施，这在20世纪20年代的中国农村，无疑会令人侧目。而如今我却惊讶于小院的寂静了，十元一张的门票，引不来几名游客。大概世人早已看惯了西洋镜，我们游览安雅堂的个把小时内竟没有他人打扰，却得以静对诗人才子，细细体会他内心汹涌的爱之潮。

门厅内的徐志摩半身雕像，清瘦而斯文，风流而倜傥，腹有诗书气自华，不由得想象起八十八年前泰戈尔来华时的情景：“林小姐（林徽因）人艳如花，和老诗人挟臂而行，加上长袍白面、郊荒岛瘦的徐志摩，有如苍松竹梅的一幅三友图。”（吴咏《天坛史话》）竹与梅，再相配也不过了。其时，徐志摩已与妻子张幼仪分手，刚与陆小曼相识，热恋的正是林徽因。据说，泰戈尔还为徐志摩拉红线，或许会让一路陪同的诗人更加的青春飞扬、诗意盎然，但最终有花无果，两个月后，徐志摩写下了诗歌《偶然》：

我是天空里的一片云，
偶尔投影在你的波心——
你不必讶异，
更无须欢喜——
在转瞬间消灭了踪影。
你我相逢在黑夜的海上，
你有你的，我有我的，方向；
你记得也好，
最好你忘掉，
在这交会时互放的光亮！

爱如潮水，那分明是狂放不羁无法约束的钱塘潮，在这个被诗人称为“爱巢”的小楼里，还能感觉到狂热的爱狂涌的潮。“我没有别的办法，我就有爱；没有别的天才，就是爱；没有别的能耐，只是爱；没有别的动力，只是爱。”故居的陈列室里，醒目地标出了这段话，那是徐志摩的信仰。我更是感动于他的率真，那份率真而热烈的爱。徐志摩说：“中国人口头上讲率真，实际上我们是假到自己都不觉得。讲信义，你一天在社会上不说一两句谎话能过日子吗？”正因为稀少才愈显得率真这一品质的宝贵。

然而，这确是一群率真的人，不会矫饰自己的内心。1922年，妻子张幼仪在德国柏林生下次子彼得，徐志摩匆忙来到德国，却不是为看望新生儿，而是签字离婚，这是中国依据民法的第一桩西式文明离婚案。“我将在茫茫人海中寻访我唯一之灵魂伴侣。得之，我幸；不得，我命。如是而已。”一个将自由和爱情看得高于生命的诗人，率真而坚定，甚至有一些冷酷。

三年后的夏天，徐志摩偕陆小曼与林宗孟（林长民，即林徽因的父亲）同游宫湖，林书东坡诗轴赠之，跋云："小曼索书，即以旧纸书赠之。"林长民与梁启超交情深厚，早已承诺结成亲家，想来碍于老师与挚友之情，徐志摩转而追求陆小曼，却与林长民三人同游瀛台宫湖，率真而无邪。

徐志摩与陆小曼的婚礼上，证婚人梁启超霍然站起："徐志摩，你这个人性情浮躁，所以在学问方面没有成就，你这个人用情不专，以至于离婚再娶……陆小曼，你和徐志摩都是过来人……不要再把婚姻当作是儿戏……总之，我希望这是你们两个人这一辈子最后一次结婚！"另类的证婚词，率真而坦诚。

诗人的"婚变"，不为老父所容，亦不为社会舆论所谅。徐志摩萌生"归隐"之念，1926 年 11 月 16 日偕新婚的陆小曼返回故乡，住进了安雅堂，打算在这里度过隐居著书的生涯。但不足一个月，孙传芳战事起，乘轮避祸上海，是时志摩双亲去北平，幼仪迎养。徐志摩致信张幼仪："你们那一小家庭，虽是新组织，听起来倒是热闹而且有精神，我们避难人听了十分羡慕。你的信收到，万分感谢你，幼仪，妈在你那里各事都舒适……"一颗包容的心，率真而朴素。

徐志摩生前，陆小曼不肯去北京，外间流言多，有人劝其与小曼离婚。志摩说：如果离了婚，她就毁了，完事了。其时两人的婚姻似乎差强人意，但志摩依然真心地爱着小曼。1931 年 11 月 19 日，急于赴京参加好友林徽因的讲演，徐志摩从南京搭乘邮机，坠机于济南，机上有一幅陆小曼的山水画卷，居然留了下来，画上题跋名家缀满笺尾，计有邓以蛰、胡适、杨铨、陈蝶野诸人手笔。这次徐志摩随带画卷，准备赴京再请人加题，可见一段真情，率真而温馨。

徐志摩堕机身亡，林徽因居北京养病，闻此噩耗，嘱夫君梁思成赶赴济南，携飞机残躯之木一块返京，悬于会客室，以作纪念，直到林死。1934 年 11 月，林徽因从浙江宣平与梁思成同北返，归途火车停硖石站——"凝望着那幽黯的站台，默默地回忆许多不相连的过往碎片……如果那时我的眼泪曾不自主地溢出睫外，我知道你定会原谅我的心情。"这篇《纪念志摩去世四周年》后发表于天津《大公报》，一段不了情已深入骨髓，却有至爱的人来抚慰，率真而浪漫。

如今，沪杭高铁上已没有了硖石站台（海宁西站距离海宁市中心竟有 25 公里），安雅堂也早已人去楼空，到哪里再去找那般率真的人呢？这个时代如果出现这样率真的人率真的言语举止，必定还会惊世骇俗，也必定淹没在所谓"朋友"聒噪的口水之中。

穿中庭，木门雕栏、花格窗棂一律暗红色，肃穆而不觉凝重，兴奋而不觉浮躁。走后楼梯直上屋顶露台，视野顿时开阔起来，目光掠过一排老旧的房屋，遥望东山，满山苍翠簇拥着一座古塔，当是海宁的标志景点了，而这一片古韵绿意也让人的思绪穿越得更远。徐志摩曾在山上的祠堂里寄宿数日，写下了《山中来函》一文，描述的是九十多年前冬天的东山和硖石镇，笔下的风景却并不美妙和谐：“塔顶上徘徊着的‘饿老鹰’有时卖弄着它们穿天响的怪叫……累累的坟堆、享亭、白木的与包着芦席的棺材……寄宿在戏台下与我们守望相助的丐翁……远处小儿啼声、狗吠声、枭鸟的咒诅声……”文章的末尾写道：“我唯一的希望只是一场大雪。”诗人像是盼望着一场美丽的雪掩盖了所见的丑陋。其实，除了对女人的爱，徐志摩还有着一份对家乡对祖国的爱，那样的深沉而又率真，他的追求远比我们想象的要热烈，他的胸怀远比我们想象的要宽广，他的思想也远比我们想象的要深邃，而在这寂静的小院里，我感受到了。也只有在无声处，才能亲近如潮般率真而美丽的灵魂。

活在每一刹那

一面，有的是欣喜，也含着一份遗憾。

遗憾何来？只因一片擦肩而过的美景，一丝隐隐约约的牵挂。

风景一直在那边呢。然而，月有阴晴圆缺，人有悲欢离合，景有四季变幻，一定会在某时某地，某个熟悉的背影，或是婉约的景致，猛然间触动了你的心弦。甚至在某个楼道的拐角，目光相遇的刹那，也会让人联想起微雨、落花，燕双飞、人独立……此时无声胜有声，宛如少女纤细的手指轻拂了一下筝弦，清静的琴音回响在空寂的心房，久久不息。

一瞬，可品出岁月的沧桑，亦可品出一片淡然的诗意。

诗意何在？只因一颗沉静的心，从从容容阅尽人间繁华。

庸常的生活里，可曾在意日升日落的壮美与平静？可曾细看花开花落的娇艳与憔悴，可曾感怀人来人往的惊喜与落寞，可曾慨叹雁去雁回的寂寥与守望？韶华易逝，人生中每一次的绽放与凋零，得到与失去，其实都值得我们去纪念；年华里的伤悲与快乐，惆怅与欢欣，都是一杯让人沉醉的鸡尾酒。

看《红楼梦》，印象深刻的一句是“盛筵必散”。秦氏托梦凤姐：“要知道，也不过是瞬间的繁华，一时的欢乐，万不可忘了那‘盛筵必散’的俗语。”人生在世，总要等到“三春过后诸芳尽”时，方才悟了天机。所以，令人感伤的暮春催生了多少诗意。

“流年似水，太过匆匆，一些故事来不及真正开始，就被写成了昨天；一些人还没有好好相爱，就成了过客。”民国才女林徽因却遗憾于没有开始。她的人生里，也有动心的过客，譬如徐志摩，再如金岳霖。然而，即使开始了又如何？未必如相视一笑更让人牵肠挂肚。许多时候我们无非是想了却一桩心愿，仅此而已。

人呵，对于心爱的风景到底该如何欣赏呢？淡了，心有不甘；浓了，终感凄凉。就像每一次的旅游，出发时总是兴奋百倍、喜悦万分，回来时却感觉了一丝黯淡与疲惫，那不仅仅是旅途的劳累，更是因为看够了风景之后不知如何面对单调枯燥甚至无聊的庸常生活。

我知道我也是过客，还没有看够江南的风景，就要离去。或者说愿意做这样一位过客，在没有看腻的时候就离去，而在一面的欣喜与遗憾中沉思，在一瞬的沧桑与诗意中独自咀嚼。

永恒，是我们永恒的追求。完美如长相守，憾恨如永相别。可一些风景总是要淡去的，一些人总是要离去的，甚至模糊在了记忆的底片上。不如好好活在每一刹那，庸常的生活里，就让我们在诗意的牵挂中孕育一份淡定的爱。

悟道山水

智者乐水，仁者乐山。

看山，让人体悟人生的持之以恒；望水，让人觉知生命的稍纵即逝。山水自然勾出一个人最本真的情感和最朴素的智慧。

涉水而歌，登高望远，畅享诗意人生。

我在岸边，一样能感知水中鱼儿的快乐；心在水中央，一样能感知林间鸟儿的自由。

我在山下，感觉得到天堂就在眼前，我在山上，恍悟天堂就在我的心间。

彩云之南

“彩云之南，我心的方向，孔雀飞去，回忆悠长。玉龙雪山，闪耀着银光，秀色丽江，人在路上。彩云之南归去的地方，往事芬芳，随风飘扬。蝴蝶泉边，歌声在流淌，泸沽湖畔，心仍荡漾。”

因了这首歌，对云南多了一份向往。这个秋天，终于启程。殊不知，真实的云南完全不是这首歌的味儿。

飞向高原

直飞丽江，坐在了舷窗边，难得这一良机，又是去彩云之南，便有了兴致细细观察一下高原上空的云。

空中看云，才发现云儿也有着鲜明的性格。稳重的云，棉絮状沉在了低空，密密的如一片茫茫雪原，稀疏时则似白色的花海、静止的波涛，透过云隙，隐现一条条青色的曲线，那便是绵延不绝的山脉。活泼的云，如雾气般从你的眼前飞掠而过，不禁讶异于它的洁白与轻盈，轻狂些的还会包裹着飞机，擦着窗，让你有种飘飘如仙的感觉。飘逸的云，游离在了天边，长长的一缕，与航线平行，总没有相会的一刻，就如希望的女神，一直相伴，却永远不会亲近你。

飞机下降的时候，天空又变得旷远些了，刚才还密布的云彩都退向了天际，山脉清晰了，披着一层厚厚的绿毯。一小片儿白云精灵似的飞过，又有一小片儿，恍如起伏的草原上奔跑的羊群，展示着它旺盛的生命力。

“云南的云似乎是用西藏高山的冰雪，和南海长年的热风，两种原料经过一番神奇的手续完成的。色调出奇的单纯，惟其单纯反而见出伟大。”沈从文如是说。空中看云，我也有了相似的感觉。

飞机降落在丽江机场。接机的导游穿着纳西族的服装，热情地招呼我们："胖金哥、胖金妹！"上了车解释，意为小伙小妹。这里的人们以胖为美，以黑为贵。纳西族女人要操持几乎所有的家务，忙里忙外的。男人则不用干什么：琴棋书画烟酒茶，飞鹰走狗晒太阳。所以男人都要找个又胖又黑的女人，健壮有力嘛。据说，纳西族人的定情信物是银手镯，女人戴了一段时间，手镯发亮的话，则表明她身体健康，喜事可要催着办了；手镯黯黑的话，则表明体弱多病，那门亲事也很有可能黄了。

转道前往香格里拉。公路一直绕着金沙江转。江面不宽，不过百余米吧，山腰上望下去，纤纤细细，又水平如镜，很难和气势磅礴的长江相联系起来。

脚下盘旋的是滇藏公路，也是茶马古道的走向。丽江古城是滇川藏交通要冲，古城与茶马古道互为条件、相得益彰。古代的滇藏贸易，汉人与藏人到了丽江，都要停下来，是气候的原因，也是性格的原因，汉人做生意精明，藏人豪爽，纳西人则兼具了这两种性格。这条西南"丝绸之路"是由纳西人最终连接起来的，丽江古城也兴于商，盛于商，谓之"马蹄踏出的辉煌"。所以，纳西女人忙着操持家务，而闲散的纳西男人最重要的事就是要走这条艰险的茶马古道。

江的这面是丽江市，对面则是迪庆藏族自治州的香格里拉了。这里主要居住着藏族人。"在这里，小伙小妹则要称扎西、卓玛了。"藏族导游讲解起自己的民族习俗如数家珍。最后导游忘不了教我们几句藏语："扎西得勒——你好！呀吁呀吁呀呀吁——好好非常好！"

跨桥而过，便到了香格里拉市了。渐渐地，车窗上冰冷了起来，海拔遽升气温骤降；渐渐地，山在我们的视线中后退了，地开阔了许多。一片片枯黄的草甸上，散落着一栋栋土黄色的藏家小楼，还有一头头黑色的牦牛，好一幅宁静而悠闲的画面，这里孕育了怎样悠久而深邃的文化呢？

而我们，一天之内飞越千里，从热烈的海滨来到了清寒的高原，从熟悉的风俗置身于多彩的纳西族与藏族文化，恍若来到了桃花源，顿生隔世之感——是世界太大了还是时间走得太快了？

康巴人家

清冷的夜晚，我们出城到郊外，作客康巴人家——独克宗藏家。

汽车停在了一幢藏家楼前，藏民们则早已热情地迎候在门口了。扎西为你献上洁白的哈达，卓玛站立一旁，唱着美妙的迎宾曲，端着酒壶酒盅，里面自是青稞酒了。

楼高二层，木架结构。长约三十米，立有七根柱子，宽约二十米，立有五根柱子。藏族人家富不富，要看梁柱粗不粗，而那些木柱都刚好双臂合围，就是屋椽也有碗口粗呢。上了楼，则是间二百多平米的厅堂，雕梁画栋，四面墙上也是一幅幅壁画，五彩花纹，显示了藏民对生活的讲究。厅里围放着一排排条桌，坐满了各地赶来的游客，足有二百来人。中间的空地有二十平米见方，一角生着一只火炉，熬着喷香的酥油茶。

渐次入席，条桌上摆放着糌粑、青稞、奶酪、烤土豆等食物。开席了，首先卓玛们为你倒上一碗酥油茶、斟上一杯青稞酒。随后端上主食——一头金黄色的烤全羊，没有羊头和内脏。藏民们用羊头、牛头来敬神佛，内脏则喂给藏獒。扎西热情地来为你分食。只听他大喝一声，猛地一拳头捶向烤羊，接着用力撕扯起来，才两三分钟，这头烤全羊已分成四盘美美的羊肉了。

盛宴开场，大口吃肉，大碗喝酒。康巴人也表演起他们的节目。主持人是位粗犷的汉子，披着长发，裸着上身，下身则穿着厚厚的裙子，嗓音粗糙而沙哑："康巴人是东方的吉卜赛人，有着一颗无拘无束的心，我们不喜欢钱，只要有钱，都会毫不吝啬地换成绝美的珠宝，华丽的服饰，从一个地方流浪到另一个陌生的地方。到处放牧，到处是欢乐的歌声。今晚让我们唱起来跳起来。"扎西和卓玛们载歌载舞起来，一首首动听的歌，颂唱着美丽的家乡、富强的祖国、五十六个民族的大团结。厅堂里顿时响起阵阵热烈的掌声，震撼人心的跺脚声，以及"呀吁呀吁呀呀吁"喝彩声。两头牦牛闯入了大厅，祝福大家——原来是几个孩子的舞牛节目，引得游客争相上前敬献哈达。

"藏族人是最幸福的民族，因为他们有着虔诚的信仰。世界上最幸福的生活是在高原上自由自在地行走，康巴人就在这片草原上自由地放牧"。主持人的话诠释着康巴人的性格和精神世界，也在不断在调节着晚会的气氛，掀起一个又一个高潮。游客们被主持人唤了上来，唱一首歌，感受一下康巴人的热情。几位五湖四海的汉子又被招上来，这回主持人霸道了些，令他们脱上衣、向游客敬酒。一片小小的慌乱后，那几位汉子鼓足勇气，脱了上衣，学着他们的样，用无名指蘸了下酒，弹天、弹地、对弹，敬酒！一饮而尽，他们一下子学着了康巴人的酒风。

"让我们都来跺跺脚，学学高原上的迪斯科。"主持人刚说完，相互陌生的游客便涌了上去，手牵着手，跳起了康巴人的舞蹈，在欢快的节奏中感受着高原的空旷、博大和纯真。

心灵牧场

普达措国家森林公园，海拔高度在3500米与4159米之间，但依然林木茂盛，生机勃勃，满山坡墨绿一片，中间夹杂着簇簇鲜明的黄色。夏天这里是花的海洋，漫山遍野都是五彩缤纷的鲜花。可惜，我们来的不是时候，深秋季节，繁花凋谢，都已是冬天的气候了，寒霜、冰冻，飘雪，扫了许多游兴，但这一片寂静的森林还是给了我们一个惊喜。

300多平方公里的普达措，多是杉树，四季常青。间有落叶松、桦树，林地里也铺满了灰的黄的落叶。进入森林，不禁惊叹于杉树的高大，油麦吊云杉和长毛冷杉，都有二三十米高，笔直地指向蓝天。人站在树旁，显得渺小了，可要两三个人才能合抱住。可就是这么粗大的杉树，也有不少倒卧在林中。湖边的湿地里，更多的桦树、杉树，在湖水的长年冲刷下，根系外露，倾斜了，甚至倒在了水中。世界万物的生长都挣脱不了自然规律的支配，不论多么强盛的生命，总有抗击不了的灾难，总有倒下的一刻。

在杉树、桦树上，都会挂着一缕缕长长的绿胡须。康巴人告诉我们：树胡须名叫长松萝，在没有受到污染的地方才能生长，被称为空气质量监测器。它寄生在树上，又是菌类和藻类的复合体，如果拆分开它们，就会死去。自然界的万物都是相互关联相互依靠的，谁也离不开谁，而人类世界，其实何尝不是如此呢？长松萝具有较高的药用价值，用来治疗外伤，康巴人向来用它洗东西，现在还用来擦拭银器。

森林里还有些可爱的小生灵，特别亲近人。树精灵小松鼠快活地蹿上蹿下，寻觅着食物。面对热情的游客，它会小心翼翼地试探一下，确认没有危险了，便叼起面包屑倏地爬上了树。一只黑背白肚的鸟儿飞落地面，同样旁若无人地蹦跳着，觅到了食物，又飞上了树，扎着树干直上直下跳起了舞蹈。

河谷长着一排排柳树，没有婀娜的身姿，树枝一律向上。导游打趣："这里的柳树是挺立的康巴汉子，你们那儿的柳树是多情的江南女子。"宽阔的地带，则是一大片草甸。一群群牦牛安详地吃着草，或坐，或躺，或踱着步。这里的牲畜是不需要人管的，牦牛认得自己的家，别人又不会牵了去。在森林公园门口的停车场上，还有两只黑色的藏香猪，转来转去，悠闲觅食。见此景象，不禁感慨于这里的民风了，就连动物也多了一份灵性。

普达措，纯净的是湖泊：属都湖、碧塔海，蓝色一片，倒映着雪峰、森林、鲜花……乘舟踏浪，看神鹰展翅，美景荡漾，我沉醉于这片纯净与自由了。

香格里拉的地名都有特殊的含义：香格里拉，藏语意为心中的日月；普达措，藏语意为神助乘舟到达湖的彼岸。这里的森林、湖泊、牧场，可以让你的心灵自由驰骋，到达梦想的彼岸。自由的，亲切的香格里拉，那是我们的心灵牧场。

印象丽江

丽江是一个诗意栖居的城市，从古城店铺里重复播放的《嘀嗒》的美妙旋律中，你会体会到她的温馨；从古城街头的角落里墙头上的片言只语中，你会感受到她的张扬。丽江自古是个商业城市，茶马古道的重要节点，千年的商业文化，沉淀为这座城市骨子里的浪漫。

在丽江，品的是一份悠闲，妙的是尽情发呆。所以，束河古镇是最好的去处，它有古韵，而没有丽江古城的喧闹。古镇老街悠长，开满了客栈，叫着各式新奇的名字：随意居、水岸边、虫子家……富有情调。“原来束河的时光躲在这里面”，时光客栈还在墙上打出了这么诗意的广告语。想起令人讨厌的城市牛皮癣，你就会心动于丽江的品位。

走进一家餐店——成都尚格，是个四合院。小小庭院，好晒阳光，两只小狗慵懒地躺在长椅上，抚摸一下，它会热情地挠你，惹人喜爱。上了阁楼，坐在窗边，可以远望着玉龙雪山发呆。这时享受的是悠闲的时光，而不是美味了。老板是一对年轻的夫妇，在小店的阳台上，男人细心地为小狗洗澡、梳毛，女人则拿着一只相机，为一个个细节留下美丽瞬间。这便是他们的生活与节奏。

午后，在老街闲逛。青石板街上，有一小渠，溪水清浅而流，长长的水草顺势伏在了渠底，摇曳着，抻长了绿色的梦。转入一个小弄，闲坐于绿园咖啡店。小树林里撑起几把太阳伞，溪流淙淙而过。老板娘坐在小树旁，弹着吉他，吹着口琴，唱着舒缓的歌曲。成熟、感性、低沉的女中音，将一首《偏偏喜欢你》演绎得深情款款。在这个珍视爱情的城市，在这个自然亲近的小店，在这个沉静悠闲的时光，顿时想起自己“偏偏喜欢你”的爱情故事，蓦地生出一份感动。老板娘的身旁牵了条德国牧羊犬，静静地趴着，也是在享受美妙的音乐吧？忽而汪汪吠叫了两声，原来是在招呼同伴——一条杜宾犬。泉声、乐声、犬吠声，声声入耳，这是怎样一幅自然与现代交融的画卷呢。

生活是需要品味的。于那位老板娘，唱歌是一项生计，但更是一种享受。老板娘名叫关燕仪，见我们喜欢她的歌，热情地推荐她的两张歌碟《莞尔集》，郑重地签下自己的名。碟片里收录的虽是口水歌，却也是别有一番滋味在心头："感谢生活让我们拥有阳光和音乐。"丽江之行多年后，偶然一天，在百度上搜索到了关燕仪的名字，原来是一位小有名气的流行音乐歌手，创作过不少民谣作品，2005年发行专辑《卡萨布兰卡》……愕然之余，再去找寻那两张碟片，聆听熟悉的老歌，并在绵柔的歌声中回到丽江，回到浸泡在音乐和清茶中的优雅时光。

艳遇或许是丽江给人最深的印象了。一家客栈就打出了"艳遇丽江——篝火晚会"的招牌，就连一家玉器店，也起了个"艳玉"的店名。"艳遇是鬼，听说过但从未遇到过。"导游这么说，不过她还是藏了些艳遇的故事。两个故事的男主角都是导游。

他和她邂逅于古城街头，他斗胆问她：去喝一杯吧？她果然去了，结果一喝钟情，修成正果。后来他问她怎么敢随一个陌生人走呢，她说：我是警察我怕谁？

他和两个女人几乎同时相识，一位在广西，一位在美国。和美国女人的爱情进行得轰轰烈烈，她先后十一次来丽江，一次到四川西康旅游，扭伤了脚，打了电话给他。他的日程早已排满，要接待好几个旅游团。但他果断以五百元一天的代价请求朋友帮他接团，又以1.4倍的价格购买了机票，十多个小时后，他出现在了她的面前。只是他和她的爱情终于无法进行下去了。有一天，他打电话给广西的她："现在和我结婚，你敢不？"敢——第二天，她便飞来丽江办证了。

结局无论是欢喜的，还是悲伤的，于常人，这都是一个个美丽的爱情传说。

艳遇的滋生地自然是星罗棋布的酒吧。今夜，我们徜徉在丽江古城，似乎就是为了验证这些美丽的传说。

喧闹的老街，底层是一家家店铺，楼上酒吧的窗户里则传出优美的歌声，引得街上的游客也会跟着旋律吼上几句。在四方街，我们循着歌声走进了一家名叫"春天里"的酒吧。

酒吧不大，至多容下二十来位客人，还未坐满呢。墙上贴了两幅醒目的宣传画。一幅是一个女孩在沉思、向往，标语是："春天里，不要让音乐停止。"一幅是宣传画，标语是："团结起来，将酒吧文化进行到底。"

乐队是三位小伙，两位吉他手伴奏，歌手则打着手鼓尽情演唱。歌手也是酒吧的老板，是纳西族人，嗓音稍稍有点沙哑，很有些沧桑的味道。他唱着些伤感的、欢乐的、迷狂的爱情歌曲：《野百合也有春天》《传奇》……说着些煽情的、感人的、温馨的话语："朋友，快乐些，一定要对得起美丽的丽江；不要哭，在丽江没有哭的理由……"掌声并不热烈，但渐渐地氛围浓了。角落里，坐着两位美丽的文静的孤独的女孩，默默地喝着啤酒，偶尔也会传出两声喝彩，一股暧昧便悄悄地在酒吧里流淌。但我知道，丽江是音乐人的天堂，却不一定是艳遇的天堂，有多少人只是因为多看了一眼就铸就了爱情传奇呢？

歌声中细细品茶，邻座的一位小伙探过身来：上海人？原来桌上摆了一包中华烟。他叫阿康，33 岁，苏州人，见了老乡分外亲切。其实他来丽江才十天，但早已爱上了这个城市，正在酝酿着人生中一大转变。"我决定在这里养老了，老婆星期六过来，喜欢的话一起留在丽江，不愿意的话，就结束了吧。"阿康事业有成，办有两家企业，每月收入近 30 万元，但觉得太累了，开始规划新的人生。今年到山东游历了一个月，十月又一次起程，在丽江停下了脚步。

"要为自己而活！没有信仰的话，就自私一点吧！"阿康说。他知道自己的观点不容易被人接受，包括他的苏州朋友，他懒得去理论，只说：春节来丽江看看，一定会喜欢的。仅仅几天，他已投下了 200 多万元，盘了三家客栈，正在装修，心里取了个名：姑苏夜泊。

我不知道阿康未来的生活将怎样演绎，但这就是一个真实的浪漫的丽江，感化着包容着许多像阿康一样疲惫的人生过客。

音乐江湖

再逛丽江古城的时候，牵挂的是那些音乐人了。数不清的酒吧，听不够的歌手，在这个有梦有故事的城市，音乐就是江湖，演绎着多彩的人生。

今夜，我们再次来到江湖酒吧，而朋友是第三次了，只是为了多看一眼歌手小松。在导游的眼中，"江湖"是丽江音乐江湖中的老大了，大到可以不挂招牌。所以没有他人的指引，游客在丽江古城绝对找不到江湖酒吧。江湖酒吧音乐人的艺名就挺有江湖味：鼓手二小和麦子，歌手胖子玛丽，吉他手三爷，大当家自然是小松了。他们的行事风格也带了点江湖气："可以鼓掌了……好就说出来吧！""我把这首歌献给奋战在丽江泡妞第一线从未得过手的人……"演出中他们讲的话夹杂了些狂妄与调侃，但就是这些话引来了大家热烈的掌声和尖叫声。

于顾客来说，江湖酒吧是温馨的。青石板小巷，红灯笼高挂，老旧的两层小楼里流淌出沧桑的歌声、忧郁的旋律；酒吧里的摆设拙朴而有情调，高低不平的地面，枕木似的条桌长椅，温暖的烛光，纳西的火塘，吸引着俊男靓女落座对饮。

江湖酒吧里的歌多是口水歌，演绎着独自的风格，介于摇滚与流行之间，是抽去了思想性与革命性的摇滚形式，歌唱着吼叫着都市忧郁的世俗题材。像“江湖”一样，其他酒吧歌手的风格也大多相似，不是沧桑就是缠绵。而对粉丝来说，这已经足够了，在这慢调的丽江，他们不需要深刻的思想，而只需要感情的调味品。就像小松说得那样：“唱的歌或许沉重伤感，但唱过听过以后，还是要快乐起来，要有一种娱乐的心情。”娱乐，让小松这些江湖人物成了顾客、乐迷的偶像：“小松是狙击步枪，百发百中；三爷是带消音器的狙击步枪，不仅准，还无声无息。”导游的一番评价很是典型。

只是他们的音乐总觉得缺少了什么，倒是那首他们自己创作的《幸福着》，让人听出了些特别的味道。小松说：当年他们在成都，住在天台上的小阁楼里，对面王府花园里，开着旋风跑车进出的妙龄女郎引起了他们的注意，只是“不管我怎么喊你都听不见”，爱情、金钱都离得很远。潦倒的生活中，唯一闪亮的是音乐的梦想：“让我们笑得像花儿一样，让我们跑得像风一样，让我们牵着双手奔跑在美丽的村庄。”听到这样的歌词，不禁心里有了一丝感动，因了那一种闯江湖的滋味。

丽江还有不少歌手正在闯荡江湖，或者说是在这音乐人的天堂里流浪。

夜晚八点多，我们在丽江古城的七一街上，看见了一位歌手。他戴着棒球帽，留着胡须，坐在一旁，入神地弹着吉他，吹着口琴，唱着歌曲。地摊上堆着一排碟片，是自己创作的原版专辑《风雨情深》，80 元一张。他叫大军，并不是因为一无所有才献唱街头的，更因为一个梦想。每天这个时候，他几乎都会在这老街上唱歌，再晚些，回到自己开的 D 调酒吧去唱歌。大军告诉我们，十八岁开始流浪，辗转广州成都大理，最后留在了丽江。他开过好几家酒吧，但心中最热爱的是创作：“丽江缺少的是原创歌曲，我要填补这样的空白。”

这就是大军的音乐梦，不是在酒吧里自我陶醉，赚取廉价的掌声欢呼声，他有着更高远更广阔的天空，但也走着更坎坷更艰辛的路。所以，大军勾起了我们心中更深的感动，也成为丽江一道更为亮丽的风景。

“你为何让我如此的向往，难道这里有你心爱的姑娘，这里是不是你梦里的家乡，这里是不是你梦中的天堂，从此不再感到孤独和忧伤，你是我一生中最向往的丽江。”大军为我们唱起了专辑里的一首歌《向往的地方》，沙哑的嗓音、热烈的向往、深沉的意境叩动了我们的心灵。我毫不犹豫地买了张大军的专辑，在碟片的封面上，读到了这样一句话：“不知前面的路还需走多远，只有音乐还在路上默默陪伴着我，感觉有些疲惫啦！想靠岸和你分享这里的阳光和风景。”我相信，这是大军内心最真实的写照，也是在丽江闯荡江湖的流浪歌手共同的心声吧！

“尘事如潮人如水，只叹江湖几人回。”也许他们会成功，也许他们会被淹没，但他们一定还会流浪在丽江，为了心中那份梦想执着地闯荡，丽江这座城市会为他们喝彩，会为他们疗伤，会给他们一片湛蓝的天空，也因他们而美丽。

泸沽湖畔

泸沽湖，一个令人向往的地方，不仅仅天赐美景，更因为神秘的摩梭文化。

从丽江到泸沽湖要翻越五座大山，山路十八弯，头晕了，眼也花了——处处是风景呵！抬头是高峰，灰白的云缓缓飘过，涂抹着绿色的山尖，滋润着你的眼；低头是深谷，蜿蜒的金沙江如一条碧绿的玉带，转动着你的心。

导游卓玛拉初是位摩梭人，热情大方，嗓音清脆，没说上几句就为我们唱起了迎宾曲。她说：摩梭人能走路就会跳舞，能说话就会唱歌，能喝水就会干酒。一番解说，使泸沽湖畔的摩梭风情激起我们更多更美好的想象。

泸沽湖的热词是走婚，但那并不等同于游客的暧昧想象——摸摸索索，晚上摸着进去，早上索着出来。走婚，只不过是男不娶女不嫁，但男女间同样有着忠贞的感情。卓玛介绍，走婚分为两种，阿夏异居婚只走婚不居住在一起，孩子由舅舅、姨妈抚养；阿夏同居婚，是大家庭里下代都生男或生女，便将走婚的男女迎进来，做舅舅或姨妈，担负起抚养儿女的责任，因为这是一个大家庭。

随着游客的涌入，在交流发展中，摩梭人的婚姻观念悄悄发生了变化，许多青年男女不走婚了，领了结婚证居住在了一起。导游卓玛拉初算是摩梭贵族的后代，先祖曾是摩梭人的土司，所以她家坚持着走婚的风俗。她说，老祖母骂人最重的一句便是：把你嫁了出去。

经过六个小时的奔波，泸沽湖终于闪现在我们的眼前了。山上俯瞰，湖水碧蓝如镜，如一片静谧的梦，岛屿翠绿如玉，那是梦的眼睛。乘上摩梭人的独木舟，荡漾在蓝宝石般的湖面上，顿感心旷神怡，沉醉在了泸沽湖的柔波里了。一群沙鸥，时而环绕船头，时而漂浮水面，时而展翅飞翔，如画仙境更为灵动了。

此时，湖面上传来美妙的歌声，那是摩梭少女与游客们对歌呢。流畅的旋律、清纯的歌声，让游客听得痴迷了。歌声中最亮丽的一句自然是“吗达米，吗达米！”在摩梭人的语言中，吗达米意为“吉祥如意”，或是“我爱你”。无论是哪种含义，此时此刻，与这湖景融为一体了，定格为美好的瞬间。

黄昏，作客泸沽湖畔的摩梭人家。一间间木楞子房围成了一个个四合院，金黄色的玉米棒堆在了院子一角，廊柱上挂着辣椒、羊皮。富裕的人家院门口还堆放着深褐色的猪膘肉——将宰杀后的生猪去掉内脏、剔除骨头，用盐巴和花椒撒在腹腔内，将猪缝合，风腌成完整的腊猪。这猪膘肉一般都能保存三五年时间，是摩梭人待客的佳肴。

阿妹们热情地招呼我们走进祖母房，那是摩梭人饮食起居、接待亲友的地方，也是老祖母住的屋子。门楣上挂着牛头骨，系着黄带，寓镇宅、避邪、祈福之意。屋内靠墙一侧架着个火塘，前面敬奉着火神和祖先，左侧安的是祖母床。摩梭人家的火是永远不熄的，代表着家庭的命脉生生不息。夜里也要留着火星火种，老祖母睡在火塘旁，就是为了防止火熄灭了。若一不小心熄了火，摩梭人会请喇嘛来做法事，再点燃火。原先的祖母房得用 776 根圆木垒成，如今不那么讲究了。但祖母房里都有两根粗圆的柱子，一根是女柱，一根是男柱，分别象征着老祖母和舅舅，是他们撑起了这个大家庭。

晚餐就在祖母房里享用。先上点心：烤土豆、烤鸡、苦荞饼，还有两壶酒，一壶是女人酒——苏里玛酒（米酒），一壶是男人酒——青稞酒（白酒）。再上主餐，大家评价最好的就是那猪膘肉了：肥而不腻，醇香爽口。阿妹是个热情开朗的人，不停地劝着大家喝酒吃菜，还会过来敬两杯，兴致来了，和客人们对起了歌，祖母房里的气氛顿时热烈起来。

泸沽湖畔的摩梭人，最成功最辉煌的便是杨二车娜姆。1983 年，杨二车娜姆离开女儿国，踏上了学艺之路，几经坎坷，成为一名特立独行的歌唱演员、模特。2003 年自传体小说《离开母亲湖》轰动美国，登上《纽约时报》畅销书排行榜。她用美丽的歌喉、传奇的经历征服了泸沽湖以外的世界，让世界对那片神奇的土地睁大了眼睛。

杨二车娜姆的老家，就在美丽的泸沽湖畔，背山面湖，院子很大，据说是杨二发迹之后出钱新盖的。祖母房里，杨二的舅舅格外热情地招呼着我们，介绍着家里的一切。古稀之年的他还主动亮出嗓子，手舞足蹈，高声唱起了《北京的金山上》，音调起得很高，把我们的心也吊了起来，好在没有卡壳，一曲终了，大家报以热烈的掌声。除了祖母房，院子里惹人注目的是杨二的花房了。摩梭女儿年满十三岁即成年后便拥有自己的房间——花房。杨二的花房没有什么特别之处，只是贴上了一幅广告："丽江最香艳的花房会所——品尝娜姆花酒仙茶，聆听美丽情歌，会是您在丽江另一种难忘的艳遇。"

有人说杨二车娜姆是女儿国的一道亮丽风景，也有人说她是东方最具魅力的女性。但她同样也会备受争议，包括她的婚姻。卓玛说，家里的老祖母很不喜欢她，虽然她为推介泸沽湖作出了贡献，但也让外面的世界误解了摩梭人。

不管怎样评说，杨二车娜姆奇异的心路历程，给了我们无限的思索。无疑，杨二车娜姆的行为是商业的，但也是现代的，现代文明的一个重要特征就是商业化。泸沽湖畔的摩梭人，正面临着这样的一种冲突：原始风俗与现代文明的相互撞击。杨二车娜姆现象便是冲突的标志。随着旅游业的不断发展，越来越多的摩梭人会富裕起来，泸沽湖畔的女儿国也将更快地融入现代社会，也许会出现更多的杨二车娜姆，而原始的生活习俗也会悄悄淡化，甚至最终进入博物馆。只是不同文化间需要更多的交流更深的包容，使现代化的演变过程中少一些争执和痛苦。

夜晚的泸沽湖，风起浪涌，完全不是白天的温柔性格了。我问导游为何，却得不到答案，她也摇了摇头。有些问题可能永远找不到标准答案，但我知道，明天日出之后的泸沽湖一定会风平浪静，秀美如画。

天人合一

滇西北，有着三江并流的壮丽景色。金沙江、澜沧江、怒江穿越峡谷，并行奔流数百公里而不交汇，汇集了雪峰冰川、深峡平湖、高原湿地、森林草甸等奇观异景。

这里还有着古老睿智的纳西文明。在东巴神话中，"署"是自然精灵的总名，是人的同父异母兄弟。传统的纳西人用对待兄弟的方式对待自然、尊重自然，正是这种朴素的思想、卓越的智慧，孕育出了诗意盎然的圣山灵水。

所以，这儿的风景令人仰止，却又感觉了一份至真的亲密，让心灵与自然深深地交融。

虎跳峡，当我聆听那震耳欲聋的轰响时，顿时感觉自己融入了这雄奇的金沙江。不是面对面地欣赏，而是想象自己成了一朵浪花，随着那咆哮的江流奔涌而去。

是那高高的雪山拦住了去路，而让她的性情越来越暴烈？哈巴雪山、玉龙雪山两山夹斗，金沙江缩窄至30米宽。江心处又横卧着一块巨石，撕裂了江流，翻涌着浪花。相传猛虎曾凭借此石跃过峡谷，而虎跳峡愤怒的吼声让逞威的老虎永不再来。

是那巨大的落差蓄积了能量，而让她的风格越来越奔放？20公里的江流，213米的落差，金沙江变成了一条狂放的猛龙，盘游着，撞击着，山轰谷鸣，一泻千里。什么也阻挡不了大江前行的脚步，什么也改变不了大江自由的追求。

峡谷长啸，胸中豪情激荡。哪里有艰难险阻，哪里就会有瑰丽的景色，自然界如此，人生亦如此。

玉龙雪山，宁静的雪山，神秘的雪山。

任那江流婉转，雪山兀自屹立。云儿眷恋着她，在蓝色的天空里贪婪地吻着雪峰，有时像是静止了，凝固成又一座山峰。

缆车在云雾中穿梭，将人带入另外一个世界：灰色的天幕，白色的雪峰，银色的冰川，黑色的巉岩，一个寒冬般冷峻的梦境。

那是千万年的寂寞。多少人想亲近这一童话世界，但她高傲的眼神驱走了人们心中的勇气和霸气，处女峰永远令人心驰神往。为什么要去征服自然呢？相看两不厌，才是人与自然的最佳境界。

那是千万年的传说。玉龙日夜高举着的13把宝剑，变成了13座雪峰，恶魔永不再来，而玉龙雪山化身为纳西族的保护神“三朵”。从此，拜山朝圣者不绝于途，面对这一座神山顿悟自然的伟大、生命的空灵，心中没了恐惧，只有敬畏。那份对自然的敬畏感让纳西人的精神世界更为丰满。

云杉坪，纳西人心中的“吾鲁游翠阁”——玉龙第三国。那儿，云杉围绕，花团锦簇，白鹿当坐骑，红虎当犁牛，野鸡来报晓，狐狸做猎犬……多少痴情男女殉情于此。

改土归流，让纳西族青年男女失去了婚姻自由。如果爱情无法用言语来表达，就用生命来证明。热恋中的男女相约殉情于爱之灵界。传说“久命”是第一个为爱情而死去的人，她与“羽排”相亲相爱，受阻后愤然殉情，被居住在“玉龙第三国”的爱神“游主”接纳，“羽排”追寻而来，从此两人生活在开满鲜花的爱情国度里。

缠绵悱恻的旋律中，一对青年男女告别了弟兄姐妹们，骑着白马渐渐消失于人们的视线……殉情的场景以音乐和舞蹈的形式再现，眼泪抛洒在雪山白云间。

为什么要决绝而去？是因为在这个充满痛苦和悲伤的世上，爱得太沉重太绝望，失去爱情的人生没有了前进的动力？“丽丽花华”——“欢乐地相约相携殉情”，去享受人生最后的美好。

为什么要共眠雪山？是因为回归自然是青春生命的一个梦？！这大自然的乐园里，没有痛苦忧愁，有情人可以自由结合，青春的生命永不消逝，情侣们永无人世的悲伤。

曾经的誓言和悲伤都已远去，只有雪山依然屹立在眼前，只有花儿还在这美丽的云杉坪烂漫地开放，静穆地守望，一年又一年。

神奇宁夏

“塞下秋来风景异”，只因一首宋词，总让人想象起塞外蛮荒之地悲凉之秋。而待真正到了塞上，才发现这里不是想象中的群山绵延黄沙万里，却是一片大平原；这里的秋也不是“衡阳雁去无留意”的秋，依然一片郁郁葱葱的绿。如果硬要说出风景的迥异，倒确实让人称奇：这里高高的躯干笔直枝丫上举的白杨与矮矮的枝条柔软绿丝低垂的柳树相并立，这里的稻田和湿地连着的许是黄土与沙漠。所以，行进在这一片广袤的土地上，一忽儿像是置身于秀丽的江南水乡，沃野平畴听涛声；一忽儿又沉醉于大漠风情，孤烟落日衔远山。看那远方，总有一抹淡淡的青色的曲线蜿蜒在天边，这是当地人心目中的神山——贺兰山，她将漫天风沙阻拦在了山的另一侧；眼前一条清澈白亮的大河贯通南北，将寂寂荒原滋养成了沃土，那就是你想象不到的母亲河——黄河，想来银川正是因这条银色的大川而得名的吧。

这山这水，孕育了这一片神奇秀美的土地——当年范仲淹驻守防御的敌国西夏，如今的宁夏——安宁的夏地。伫立旷野，不禁生出一种历史的错位之感：究竟是穿越到了历史的西夏还是走进了真实的梦境？而无论怀着怎样的一种历史观，看待那个曾经雄踞西北近 200 年的神秘王国，总让人仰止于父亲似的山，俯身于母亲似的河。尤其是那奔流到海不复回的黄河水，顺着古老的上千里长的秦渠、汉延渠、唐徕渠，浇灌出了二十万公顷的绿野，那是怎样一幅壮阔而欢欣的画面呢！又蕴含了多少神奇而悲壮的故事？

流过大漠边缘的河

一条流过大漠边缘的河，映衬着历史的背影，不禁让人倾心于那片沙水相融的独特风景。那是自然的赐予，更是人类的奇迹。

八十平方公里的沙湖，沙丘与翠苇相映，驼队与水鸟共处。灵动的是静默流淌的秋水，将大片的芦苇切割开来，成了一块块垛田，那簇簇的细细的绿苇，越显稀疏，也便越有韵致。温情的是芦花，对着远山，轻柔地点头，摇曳出一股浪漫的风韵。数艘渔船漂过，渔夫正对夕阳撒开了渔网，泛着片片银亮的光。看那美丽的剪影，恍若有渺茫的歌声在我耳边轻轻飘荡，刹那间又似洒满了整个湖面……渔舟唱晚，诗意一秋。

沙湖的由来有着一个美丽的传说：一位美丽的蒙古女子，名贺兰，能文善骑。一日，贺兰慕山口岩画而去踏寻，途中邂逅英俊豪爽、文武双全的党项青年漠汉。两人一见钟情，山盟海誓，私订终身。一年后，成吉思汗欲纳贺兰为妃，西夏皇帝欲招漠汉为驸马。两人闻讯誓死不从。月圆之夜，贺兰骑一青色骏马到初相遇的地方与漠汉相会，双双吃下仙药，女即化作泉湖，男即化作沙漠，相依相偎，永不分离。

传说已经远去，我却深深地感动于沙与水的爱情：沙围着水，水拥着沙，一切是那样的浑然天成，真像一对恋人，紧紧地依偎在一起，默默相守千年。

回神四顾这片美丽的风景，不禁慨叹：沙湖之水从何而来，沙又从何而来？东临滔滔黄河，西依巍巍贺兰山，不难想象水是从黄河引来，沙是强劲的西风从腾格里沙漠越过贺兰山口搬运而来的吧？这分明一半是自然的神奇，一半是人类的伟大。这里勤劳的人们既能造就塞上江南之景，也能揉成沙与水的爱情。

黄沙古渡，号称万里黄河第一渡。同样是沙水相亲的景色，却更为雄阔，浩瀚无垠的黄沙连接着绿浪起伏的湿地。黄沙中茂盛的是花棒树，开着点点紫色的花，让人怜爱，人称沙漠娇娘；湿地上密密的是芦苇，扬起了芦花，快乐地招摇着。它们是这里生命的主宰，有着极强的生命力，沙漠、沙洲因它们而变得生机勃勃，孕育着一片神奇。站在高处的黄河祭台上，南眺鄂尔多斯台地，那黄土宛若一面长长的高墙，壁立在天边；西望贺兰山脉，隐隐约约匍匐在远方，佑护着一望无际的绿色田野；北看黄河，沙平岸阔水无波，如一条银练，默默地流向天尽头水穷处。

坐上古老的水运工具羊皮筏子——十几个气鼓鼓的山羊皮囊并排捆扎在细木架上——穿梭一回古老的黄河。细细端详河面，水流似乎变得湍急起来，推送着筏子快速下流。举目远望，对岸已细成一根直线，微微地晃动着倾斜着。此时的我像是融入这雄浑的黄河了，渺小成一滴水，仰望着近岸绵延的沙丘，只有那几株纤细的芦苇花，还是那般的亲切。

柔情的是月牙湖，于黄河边、黄沙中，静默成一弯秋水，不！是天上泓！柔柔地拥着昭君浮雕像——那昭君，怀抱琵琶，影如单雁，匹马相随，千里孤烟。湖边，稀疏地立着几棵高高的白杨树，更是衬托出了几分落寞。传说昭君出塞正是从这里渡过黄河，两行清泪化成了月牙湖。这是一个思乡的湖，悲情的湖。“千载琵琶作胡语，分明怨恨曲中论。”传说中的昭君出塞，满是怀念故土的怨恨忧思。其实，《后汉书·南匈奴传》记载：“昭君入宫数岁，不得见御；积悲怨，乃请掖庭令求行。”一个是漠北单于，一个是江南女子，那不正是沙与水的爱情吗？也许沙会吮干了水，也许水容不了沙，但只要有足够博大的胸怀，只要有足够细密的心思，粗犷的豪情与婉约的风韵能完全融合在一起，形成更加瑰丽的风景。昭君出塞六十年，“边城晏闭，牛马布野，三世无犬吠之警，黎庶无干戈之役。”即使出塞的昭君曾经孤单寂寞，但让两个互相杀戮的民族和好了近百年，这种沙与水般的爱情不是更有意义吗？恍然明白：王昭君非因貌美而留青史之名，是因出塞和亲传下落雁之美。

天色向晚，我们徘徊在黄河边，耐心地等待着日落时分。“大漠孤烟直，长河落日圆。”据说，诗人王维正是从这里西渡黄河使至塞上，写下了这一流传千古的名句。其实，仅仅是大漠与长河便足以让人惊叹了——从未想象过，那就是沙与水的深情相拥。塞上的黄河边，除了孤烟与落日，更有湿地、芦苇，甚至是绿野，在沙漠里顽强地伸展着，那不正是沙与水的爱情结晶？多么的简单而又雄奇。

浑圆的太阳，一点点地下沉，西天没有一片云彩，只有静卧的贺兰山，开阔而平和的黄河泛着金光，映着落日长长的倒影。渐渐地，天边绯红了起来，太阳变成黄色的一团，颤动着下沉，一忽儿没有了影儿。这太阳落在了长河里，又像是落在了山背后的大漠里，落在我无尽的想象里：黄沙漫漫，水流无限。

隐在历史深处的山

巍巍贺兰山，曾是一个王朝的依托，如今成了西夏王陵的背景。光秃秃的山，光秃秃的地，光秃秃的土冢，以这样单调的画面勾勒出一个王朝远去的背影，简洁而震撼。内心里有一种说不出的悲凉：难道这就是历史的馈赠吗？那支叱咤疆场的西夏铁鹞子军哪去了？那个骁勇剽悍的党项族哪去了？那个辉煌了一百九十年的大白高国哪去了？一切都消失得无影无踪，只留下六千个几乎无人识别的文字。

掠过一座座黄土陵台，我的目光落在了重岩叠嶂、峰峦如聚的贺兰山。那青色的山脉、白色的雪峰、黄色的山岭，那样的层次分明，于蓝色的穹庐下袒胸露乳，对应着空寂的王陵——那九座西夏帝陵，一丝不挂地裸露在旷野里，甚至被掏空了千年的历史。

秋高气爽，我却感觉了一份清寒。

中国的大山中，也许没有一座像贺兰山那样长久地啸卷着战争的风云。

历史的疆场上，也许没有一场战争像贺兰山下发生的屠城那样惨烈。

五千年的文明，也许没有一个民族像党项人那样绝望而痛苦地淹没于征服者的笑容里。

那是一座隐在历史深处的山。已没有人知道这座山下发生了多少惨痛而悲壮的故事，已没有人知道这座山下演绎了多少辉煌而灿烂的文化，只记得抗金名将岳飞的《满江红》："驾长车，踏破贺兰山缺。"却又是一个天大的误解。与女真人作战的岳家军从未指向贺兰山，岳飞的目标是"直捣黄龙府"。

于是，只一眼便陷入了西夏王朝虚无的想象中。空荡荡的历史，空荡荡的心。

公路两旁是高高的白杨树，树顶的叶子翻卷在风中，阳光下闪耀着，似朵朵白色的花儿。忽然眼前开阔起来，左手是高高的贺兰山，右手是一望无际的银川平原。阳光下泛着亮光的是西干渠了。望着这一片广阔的原野，便有了一种策马飞奔、驰骋沙场的豪情，心又被遥远的厮杀声牵动起来。

贺兰山一带，是逐水草而居的游牧民族的天堂。从秦军击溃义渠戎，西汉名将卫青率军北上抗击匈奴，到唐朝军队出击铁勒人薛延陀，贺兰山地区一次次纳入中原帝国的版图，一件件辉煌武功的背后，却是一将功成万骨枯的酷冷。十一世纪初，贺兰山下闪现着党项羌的骑影，犹如一把利剑划过中国北方的天幕，成就了李元昊的霸业大白高国的版图。然而这个马背上雄起的民族最终从马背上坠落，悄无声息地消失在历史的深处。

1226 年秋冬之际，成吉思汗发动了对西夏的最后一次亲征，掀开了战争史上血腥的一页：

围歼沙洲，血洗了这个顽强抵抗的英雄之城；

诱降肃州，还是因为久攻不下而屠城，只赦免了 106 户；

强攻黑城，在西夏十万将士全部战死之下，血洗沦陷之城，致使战争过后的五十年里黑城几乎成为一座死城；

夺取阿拉善，俘虏中强壮者全部屠杀，瘦弱者分发为军士之奴；

攻入灵州，四处搜杀西夏军民，“其民穿凿土石以避锋镝，免者百无一二，白骨蔽野”。

而对西夏国都中兴府的屠城，是蒙古军队对一个城市毁灭得最彻底最凄绝的一次：城内城外尸骨遍地，宫殿史册付之一炬，甚至挖其祖坟、断其龙脉，将贺兰山下的皇家陵园也毁盗殆尽。

所以，空荡荡的西夏王陵，比起任何一座奢华的皇陵更有震撼力，因为它见证的是历史的伤悲，诉说的是文明的断层。据说，与宋朝对阵一辈子的元昊临终前留下遗言：假如西夏衰弱，应该依附宋朝，不能专从契丹，因为契丹残虐而宋朝仁慈。与其说是宋朝的仁慈，不如说是文明的力量。假设西夏亡于宋朝，至多划进中央帝国的版图，王室后人或许还能像南唐后主李煜一样受到优待。不料，遗言成为谶言，英雄的目光总是锐利的，而历史的演绎总是无法预设的。短短半年多时间，一个王朝一个民族迅疾消亡了，不留一丝痕迹，沉寂的贺兰山，成为帝国之死无助的证词。

然而，为什么要去想象那个王朝曾经的辉煌？为什么要去慨叹历史车轮的冷酷无情？历史不是用来赞美的，更多的时候是让我们记取曾经的伤痛和牺牲。

贺兰山，远远望去满是灰蓝土黄的石头，却都是宝。宁夏人会骄傲地告诉你，贺兰山有三种石头，会燃烧的石头——煤；会跑的石头——蓝色的贺兰石，多用来制砚；会说话的石头——贺兰山岩画。自然最宝贵的是那数以千计的岩画，那是游牧民族的艺术画廊，也是它们的历史一种最朴实的记载。

在贺兰口，我发现了一组西夏人留下的类人首岩画，简洁的线条勾勒出一幅幅奇异的头像，旁边间或刻有几个西夏文字。刹时心头生出一股莫名的感动，文化的印记总是涂抹不了的。那组神秘的岩画，以及西夏陵出土的造型粗犷的人像石座、振翅欲飞的“鸟人”迦陵频伽，依旧屹立在银川市内的中国西部第一高塔承天寺塔、贺兰山下拜寺口的双塔、仅存数十座建筑台地的西夏离宫遗址，还有两面分别刻上汉字和西夏文字的“重修凉州护国寺感应塔碑”……虽然只是一些文化的碎片，却是一个王朝最动人的背影。一个帝国远去了，一个民族消亡了，但它的文化，即使是残存的碎片，还会让后人生出一丝尊重与敬仰。

由于蒙元帝国的偏见，西夏被残酷地“开除了史籍”，那个王朝的背影竟是那么的模糊，但是史书的片言只语，少之又少的出土文物，依然遮挡不了西夏文明灿烂的光芒。他们以汉字为蓦本，结合党项族的语言特点创制了西夏文字；他们学习中原的造纸技术，用破亚麻布和棉布制造出了西夏纸；他们在引进宋朝的泥活字印刷术的基础上，首先发明了木活字印刷术。文字，造纸术、印刷术，这是自古以来文化发展的基石，这也是西夏王朝架构文化系统的支柱，铸就党项民族不朽的灵魂。更让人惊讶的是西夏的文治，仁宗皇帝在中国历史上第一次将孔子奉为文宣帝，同时免除读书人的徭役，通过科举选拔人才……

其实，西夏王朝还是留下了不少的文物，却被沙俄的“文化远征军”掳走了。1908 年 3 月，中国西北部巴丹吉林沙漠的深处，成为国运衰败时的一个死角。俄国军官科兹洛夫带领的探险队来到了这里——古老的黑城遗址。经过 13 天的挖掘，他们带走 10 多箱包括绢质佛画、钱币、妇女用品等文物。两个月后，科兹洛夫重返黑城，开始了大规模的挖掘，毁坏了黑城周围几乎所有的古塔，最终运走了各类文书 40 驮 24000 多册，佛画 500 多幅。1929 年，科兹洛夫第三次来到黑城，这次他盗走了刻本、抄本书籍 2000 多种、佛画 300 多幅，以及大量木制的、青铜镀金的佛像。“西夏学”由此在海外生根，也成了一部令国人心酸的学问，贺兰山下的大白高国隐藏得更深更神秘了。

1990 年，贺兰县西夏遗塔内出土的七尊藏彩绘泥塑佛头像，或双颊或单面流泪，打破了千百年来“佛不流泪”的神话，那滴滴清泪原因何在？面对这一个谜，有愧的应是我们后人。或许，那是消亡了的党项人托佛捎来的一个信：好好守护西夏文化的根！

离开宁夏的前夜，我们在黄河边的横城观看了讲述那个神秘王朝的音乐剧《西夏之恋》：西夏国太子宁令哥在战场上偶遇青梅竹马的没移氏。庆功大典上，父皇李元昊抢走没移氏，并废除了宁令哥的母亲野利皇后。国相没藏讹庞以“夺妻之仇、废母之恨”挑唆太子杀掉元昊，并承诺拥护宁令哥为皇帝。悲剧发生了，没藏讹庞却以弑君之罪要处死宁令哥。刑场上，宁令哥与没移氏双双殉情。

通俗的剧情通俗的演绎。坐在我旁边的男子边看边低声地骂：公爹抢儿媳，儿子杀老子，那反映的是什么主题？这就是神秘的西夏文化？最后，那位朋友中途退场，拂袖离去：“唉，我实在看不下去了。”

我想笑，却笑不出来。那人的举止是否太夸张了暂且不论。历史的细节本来是不纯净的，甚至是肮脏的，何况我们的历史是帝王将相的历史，那有着太多的权谋和血泪。先人们创造的悠久文化，才是细腻的耐看的历史，却又在无意识中被我们漠视了遗漏了。就像那神秘的西夏王朝，神奇的不是李元昊的霸业，而是那辉煌灿烂的西夏文明。然而，它早已伴随着贺兰山，隐藏在了历史最僻静的角落里，闪耀在我们虚无的想象里。

其实，我对《西夏之恋》也是一段模糊的并不美好的记忆，只记得剧中宁令哥与没移氏朗诵的一句令人向往的动情台词：月上贺兰……

是呵，月上贺兰……多么纯净而美好的想象，却又是那么的凄婉而冷清。

那是爱情决绝的背影，也是一个王朝永远的背影。

天池游仙境

当飞往乌鲁木齐的班机抵近机场之时，透过舷窗，底下赫然醒目的是一座座雪峰，从皑皑白雪中裸露出来的褐色山岭，围拥了一大块白色的云团，也为这座山这片风景罩上了一层神秘的面纱。我猜想那就是天池，是新疆给我的第一印象，而那层面纱勾起了心中无限的向往。

上天山天池，却是一个晴朗的日子，万里无云。飞机飞过高远而湛蓝的天空，只是一个银白色的点，没有一点声响，后面拖着一根长长的白线，直至那根线缓缓划过头顶上方缈远处，才听得到隐约的轰鸣声，却似闻天语，我心寂寥，浮生若梦也。

在这般碧蓝的天空下，遇到澄碧的天池，那也是一种仙缘。没有烟绕雾缭，却有一股无影无形上下通透的清气包裹着你，融化着你，悄无声息地遁入一种无我的境界，无论如何都像是沾染着一丝仙气了。

真正的仙缘，开始于一个童话般的世界。客车从山脚下转着圈儿往上开，就在你晕头转向之时，突然发现山岭上有雪，更有一棵棵云衫傲然耸立，还是金秋十月，却已披上了银装，让人啧啧称奇。而至天池入口处，更奇的是，高高的宝塔似的云杉树森严列队于两旁，勾勒出长长的一线蓝天，曲曲弯弯通向湖光山色处。林间铺满了白雪，密密的云杉枝叶上，也沾着了雪，悄悄地融化，正悠悠地滴着水珠。这是完全不同的一个世界，让人一下子回到了童年，温习着原初的纯净的快乐之感。忍不住弯下腰来，抓起一把雪，再攥紧了，揉成一个雪球，扔向林木荫郁的地方。偶有阳光穿过深密的林子，旋射出七色阳光，雪地上清亮地映出了树影。那一刻，还没有见到天池时，便已陶醉，只因那个纯洁的世界。

再次陶醉时，人已在天池，坐着游艇，迎着清冷的风儿，向着青山雪岭飞驰而去。是的，站立船头，那会有一种翩翩欲飞之感，是那清澈透明的湖水诱惑着你贴着水面飞去，是那苍翠的云杉炫目的雪峰诱惑着你朝着前方飞去，是那紧挨着山顶悠闲的白云诱惑着你向着蓝天飞去……我知道那是心儿在飞翔，就像陶渊明笔下的武陵人穿过极狭的山口，豁然开朗，心在桃花源里飞翔。许多时候，我们多想挣脱了俗世的牵系，让那颗疲倦的心在另一个时空里自由自在地飞翔。而在天池，自会感觉早已挥别了昨日，辞去了浊事，人行明镜中，鸟度屏风里，鱼在天上游，心在仙境飞——这半月形的天池虽只有4.9平方公里，却是群山环抱，晶莹如玉，远离了尘世，洞开了心扉，能不身轻如飞？

天池确有仙人，那便是人们熟知的西王母——玉皇大帝的太太。天池东岸的山腰上建有瑶池宫，供奉着王母娘娘，这里又称西王母祖庙，可见地位之高。如今游客如织，香火如潮，更有钟声阵阵，清脆悦耳，是我所喜欢的。伫立庙前台阶，静听，阳光下的钟声，激荡在明媚的山水间，眼前如此的清净，心胸如此的空阔，那不是梦中似曾相见的仙境？

因为西王母，又拉来个周穆王。《穆天子传》卷三记载了周穆王巡游天山天池的事：

天子宾于西王母，天子觞西王母于瑶池之上。西王母为天子谣曰："白云在天，山陵自出。道里悠远，山川间之。将子无死，尚能复来。"天子答之曰："予归东土，和治诸夏。万民平均，吾顾见汝。比及三年，将复而野。"

这段记载衍生出了一段美好的仙缘奇情，只是结局遗憾："瑶池阿母绮窗开，黄竹歌声动地哀，八骏日行三万里，穆王何事不重来。"唐代诗人李商隐的这首诗原意是讽刺求仙之虚妄，"只用穆王一事，足概武宗三端——唐武宗好仙，好游猎，又宠王才人"。可令人感慨的却是爱情的残缺。想来天仙与凡人的爱情更让人期待，天若有情天亦老，月如无恨月长圆。从古至今，人们对上苍寄予了太多。其实，仙人有情，已是一件美好的事，又何必非得要大团圆呢？残缺也是一种美，仙佛之情亦应是大慈大悲。如此，在天池娘娘庙，你会懂得珍惜美好，也会懂得放下，再放下，将那颗心沉醉于无我的仙境。

拜别娘娘庙，迈步在了天池东岸的栈道上，曲折小道，移步换景，约莫半小时的行程，着实让我们清新自在了一回，得以好好亲近一下天池，赏一番人间美景。枯树漾碧池，冰棱凝细枝，犹喜池边雪，暗处生清气。此刻已不再有遇仙的祈盼与感慨，而是踏踏实实地行走在了栈道上——我在岸边，一样能感知水中鱼儿的快乐；心在水中央，一样能感知林间鸟儿的自由。

天池，就这般映在了我的心魂里。

兰州的黄昏

兰州的美好风景在黄河！滔滔黄河奔流向东，百年铁桥辉映金城，幢幢高楼沿着黄河不断地伸展开来，两侧绵延的青山勾画出一道绿色的屏障……穿城而过的黄河，是兰州得以显著区分众多城市的主要地理特征，黄河母亲雕像也因此成了这座城市的地标，每一个来到兰州的游客都想与这座雕像合影，甚至会细细研究雕塑的艺术特色——一位斜躺的母亲搂着一个小孩，看上去很普通的雕塑竟成就一番传奇，究竟是体现了母爱的深沉，还是凸显了母亲河的博大？

兰州的美好时光在黄昏！当太阳渐渐西斜，人也在这个喧嚣的城市走累了的时候，便可以在黄河边的躺椅上坐下，沏上两杯三炮台，从从容容欣赏眼前的风景，或者悄悄地发呆。岸边垂柳婆娑，时有鸟儿飞至，蹦跳着啄食，一瞬间，让人对这条母亲河格外亲近。抬头一望，水平如镜，斜阳映照，波光粼粼；仔细一看，河水翻腾着细小的浪花，疾速涌动，汇成一股滔滔不绝的洪流。

来兰州，几位当地的朋友劝我，兰州的风景没啥看的。导游说，兰州不是一个旅游城市，只是一个旅游中转地——北有绚丽敦煌，南有神奇甘南，西有大美青海，东有羲皇故里。但若喜欢休闲旅游的话，则可以尽情呆坐在黄河边，这里可有看不够的三十里黄河风景线。在我眼里，这是足以让人艳羡的美景。

呆坐在黄河边，首先可以细品的是三炮台茶——绿茶，加上枸杞、红枣、桂圆、葡萄干、冰糖，开水冲泡下去，茶杯内红的、紫的、绿的、白的，相映成趣，缕缕热气升腾，散发出丝丝清香，沁人心脾。于我，茶的味儿有点甜，便耐心等着一泡一泡的甜味淡下去，一大杯茶可以喝上一个时辰，从太阳斜照直喝到了日落时分，好好感受一缕惬意的时光。我们坐着的位置就在黄河母亲雕像的右下方，此刻，身后是车水马龙的街道，席卷而过的喧闹声；前方是黄河里游艇驶过发出的阵阵马达声，随后是河水如潮般卷起冲上岸滩的沙沙声；旁边是一桌人打牌的吵闹声……”奇妙的是，在这么一个浊声四起的环境下，我却感受了一份难得的清静，想来难得的是一种闲味——偷得浮生半日闲，既然“三心不可得”，何不静静地享受当下，让所有的欲念顺着面前的河水东流而去。

天色向晚，顺着黄河步行二三里，我们来到下游的黄河铁桥，其被称为“天下黄河第一桥”。天空渐渐转青，黄河铁桥上的灯光明亮了起来。站在白塔山上，远眺铁桥，如一条黄龙匍匐在黄河之上，通向高楼林立、灯火璀璨的夜市；伫立河边，细看铁桥，桥栏上端的拱式钢梁发出明黄的光芒，有如天上虹串接起了人间奇景；穿行铁桥至黄河对岸，回首张望，白塔山已是赤橙蓝绿闪亮一片，依着那金色的铁桥，上照藏青色的天空，下映油画般涂抹着色块的黄河水，构成了一幅辉煌的夜景图。

黄河铁桥是屹立金城百年的地标建筑，也是兰州人迈向现代的一个起点。20世纪初的中国，是一个积贫积弱的时代，但兰州人敢为天下先，克服重重困难，建起了黄河第一桥，改变了“隔河如隔天，渡河如渡鬼门关”的现状，使兰州这个城市开始在黄河两岸延伸开来。那是一个伟大的创举，因为这条桥的所有建材，包括一个铆钉一根铁条都是在极其落后的运输条件下辗转万里运至兰州的，光运输桥料就耗时两年，而这条桥的建设是由德、美工程师、华洋工匠与甘肃各界通力合作完成，历经一年半时间于1909年8月19日竣工通行。与这条铁桥差不多同时竣工的则是清末另一项重点工程——詹天佑负责修建的京张铁路。凝望着熠熠发光的黄河铁桥，仿佛看到了百年前从天津到兰州的数千里路途上，一条由火车、骡马组成的运输长龙，也仿佛听到了白塔山下黄河两岸震撼人心的号子声、铁锤声，以及蒸汽机和搅拌机等大型机械的轰鸣声……这在当时地瘠民穷的甘肃，铸就的不是一项惊世伟业吗？

暮云合璧，华灯初上，由黄河铁桥向南，沿着中山路走向西关繁华地段。不过百米，便循着香味转进了一条小巷子。此时的我们已经饥肠辘辘，巷子里汇集了各地特色的餐饮店，以及足够特色的店名：哈里德饼店、好吃嘴见面吧、何师凉拌肉、兰公子凉皮……每一个店名都好像有一个悠远的故事，伴着诱人的香味吸引着过往的人们。原来以为兰州有名的餐饮就是遍布全国的“兰州拉面”，其实到了这个城市，兰州拉面店是找不着的，当地人称之为“牛肉面店”，而兰州人的饮食其实要丰富得多，在这条巷子里，看得让人垂涎三尺，快快坐进马记羊肉面片店，饱餐一顿。回过头来，才记住了这条巷子的名——木塔巷，其有着300年的历史积淀，不久前改造，引进名优美食，形成了特色一条街，也展开了一幅历久弥新的风俗画卷。

夜未央，木塔巷里依然游人如织，汇入人流，不由自主地淹没在热烈而欢欣的夜色里，自由自在地游荡……

大美青海湖

青海予我最初的印象，是一首动情的歌儿——“在那遥远的地方，有位好姑娘，人们走过了她的帐房，都要回头留恋地张望……”深情的歌声里，眼前浮现的是顺着山势绵延起伏的草原绿浪，撒满山坡的牛羊，还有繁星般绚烂的花儿，映红了卓玛的笑脸。那是西部歌王王洛宾心中的第二故乡，也是我朦胧向往的无边风光。

映下青海的第一眼，则是在万米高空中的俯瞰。那是从上海飞往新疆的途中，透过飞机舷窗，底下慢慢掠过的是一座座雪峰，雪峰的尽头是一块狭长的褐黄色的沙地，紧挨着一片广阔的深蓝色的湖，一缕长长的白云区隔了蓝湖与蓝天。飞在高原蓝湖的上空，我仿佛成了一个飘袂的仙女，编织一个幽蓝的梦，托起一缕纯净的香魂……

虽然真真切切地看上了一眼，却如一个刹那消逝的幻梦——那个遥远的地方，化作一首歌、一个湖，时不时地飘荡在耳边，浮现在眼前。

这一个秋天，我们来了！

从兰州前往西宁，再从西宁赶往青海湖，感觉天越来越蓝，山也越来越绿。当年王洛宾创作《在那遥远的地方》，是在青海海北藏族自治州境内的金银滩草原，位于青海湖的东侧，而我们要去的是海南藏族自治州的二郎剑景区，两地相距不到100公里。一路上，我们担心着天气，虽然早晨从西宁出发时天空中万里无云，可是我们得翻越高高的日月山，这天气往往说变就变。位于青海湖东侧的日月山，为祁连山支脉，黄土高原与青藏高原的分界线，平均海拔4000米左右。唐贞观十五年正月，一支庞大的队伍护送着美丽的文成公主走过日月山口。“过了日月山，两眼泪不干。”在这里，文成公主在山上支起了帐篷，伫望故乡，不见长安……思乡之泪，汇成倒淌河，西流而入青海湖。

我们的旅途上没有凝重的思乡之情，也感觉不了日月山的苍凉。盘绕而上的高速公路，慢慢推移的绿野山坡，猎猎飞舞的五彩经幡，勾起心中无限的向往。现代人翻越日月山口，已是一次畅快之旅，让你来不及体会文成公主的悲与愁，来不及思考和亲政策的是与非，甚至来不及感受丝丝微微的高原反应。

车过日月山，风景渐渐地变了，从阡陌良田变成了辽阔牧场，一条路笔直地向着前方延伸，前方是悠远的天壮阔的地，两侧是一片广袤的草原，再远些是绵延不绝的山，雪峰点缀。在路上，我们的心像马儿一样自由驰骋，带着一丝憧憬与梦想，融入这一片青绿的草原，融入这一片旷古的天地……渐渐地，会看见草原上成群的牛羊，安详地吃草，也会排着队走上公路来，悠然前行，这时总希望我们的车子慢些再慢些，好想亲近一下那些温顺的牦牛和绵羊。渐渐地，会看见一道碧玉般的天际线，内心疑惑那到底是高高的山还是深深的湖，不久便会确认那就是青海湖，在你的视线里长长地横亘在天地之间。渐渐地，会看见车窗外掠过一片片金黄的油菜花，花海连接着的便是蓝湖……这是什么季节，是春天？一瞬间，人在恍惚中穿越了季节，马上又回过神来：不，这是秋天！青海湖的油菜花 7 月盛开，持续到 9 月份呢。

终于到达了我们此行的目的地二郎剑景区，那一颗心扑腾了起来，幽蓝的青海湖就在前方不远处！且慢，那高高的雕塑挡住了我们的视线。细看，似一尊佛塔，底座四周刻着祥瑞的动物，白色的方柱直刺蓝天，顶上却是一座金色的奔马背驮经书，欲腾空而去。两侧斜拉着五彩的经幡，在风中飘扬。这雕塑名为“风马四缘”，寓佛俗相成之意，即佛光普照、众生安乐。

当目光移向前方，迈开脚步，你的心又被震撼住了，那是一片静柔艳丽的花海，白色的、紫色的、黄色的、蓝色的野花，一簇簇点缀在绿野上，摇曳在阳光下，向着远山近湖铺展开去，直至蓝天白云。那就是格桑花，被藏民们视为象征爱与吉祥的圣洁之花，它不畏严寒风霜，顽强地生活在高原上。其实，在这青海湖边，比那油菜花更具魅力与生命力的是格桑花，徜徉其间，那颗觐见高原蓝湖的心，早已融化在幸福花海里了。

信步湖边，则是最心旷神怡的时候。开始转黄的青草，温柔地伸至澄澈的湖水中，和着涌动的碧波，唤醒梦中的柔情。远眺，湖水抹平了皺纹，成了一面硕大的宝蓝的镜子，对岸的山岭温顺地匍匐在白云之下，泛出缕缕雪亮的光芒。据说，青海湖这片水域曾有一条宽不足百步长 25 公里的自然长堤，似柄利剑由南岸卧向湖中，故名“二郎剑”。那总让人联想起“二郎神”的剑——那柄挥斩妖魔安定天下的利剑。如今已见不到这一柄长长的“剑”了，景区特地修建了一条长堤向北伸入湖中。悠然漫步于长堤之上，左右观水，风景各异。长堤东侧，清波微澜，斑头雁、麻鸭浮游湖中，偶尔惊起一只雁儿，掠飞于水面，白色羽翅尤为亮眼。长堤西侧，风急浪涌，惊涛拍岸，卷起千堆雪，胸中顿生一股豪情。而将你的头抬起一点，西北望，天更高更蓝，云更薄更轻盈，呈现一幅恬淡旷远的风景，人也似飘飘然起来，稀释了欲望，无牵无挂地融入了这片大美的风景。

一尊白色雕像静静伫立湖中，左转右转总是转不出我的视线，惹人好奇，究竟是哪路神仙？那就是青海湖西王母，其实，那尊雕像本在湖边，如今湖水微涨，没入了湖中，却是凌波而立，更具仙气了。只见她张开双臂，凝眸微笑，似在盛情迎送前来瞻仰的人们，千里湖色，万年慈悲，刹那驻留心间。青海湖古称西海，传说中是昆仑西王母的住地。我上过天山，游过天池，那儿亦称瑶池，并建有瑶池宫，为西王母的祖庙。可是到了青海湖，我又相信这里才是西王母的住地，风景优美的天池只是一汪水潭，以西王母的神通，青海湖才是真正的瑶池——4583 平方公里，绕湖一周约 360 公里，而且这里的海拔可比天池高了 1000 多米，达到 3195 米，是世界上海拔最高的湖泊之一，所以古人又称青海湖为仙海。

如今，更多的人把青海湖视为圣湖，无关西王母的传说，而是缘于当地藏民虔诚的信仰。每年，藏民们都会成群结队地来到湖边，用自己的方式来“祭海”，甚至还会转湖，祈求国泰民安，人畜兴旺，五谷丰登。湖边建有祭海台，佛塔、卧佛像……五彩的经幡，则总会飘扬在你的眼前。想象着藏民们隆重祭海的仪式，想象着信徒们虔诚磕长头的场景，我的心灵也变得纯净起来，如同感受了青海湖的神圣与庄严，澄澈的湖水洗去了我满身的俗尘。

不由得想起青海湖边克索尔村的卓玛，骄傲地讲述她的爷爷漫漫五年的布达拉宫朝圣之旅，那上千公里的“磕长头”。不由得想起塔尔寺佛殿前的喇嘛们诵经做课，嘈杂声中忽闻“拜佛，就是纠正自己的行为”“生活的过程就是修行”。而在青海湖边，不去纠结是与非、对与错，放下所有的念想，只把自己想成一滴水，融化于澄碧的圣湖；或把自己想成一朵云，飘游于湛蓝的天空。在这清纯透明的世界里顿悟：天堂就在你的眼前，也在你的心间。

访仙悟道天台山

“山中一夜雨，树杪百重泉。”当然只闻涧声，不见泉影——夜宿天台宾馆，那哗啦啦的声响萦绕在了梦里，时而沉闷，时而激越，时而恍惚，时而清醒。以为是雨声，忧愁明天如何登山呢！却又对天台山的叠泉飞瀑多了几分期待与想象。早上起床，透过窗子一看，院中的小池子里涟漪轻漾，锦鳞游泳，原来是墙外的山涧里泉水奔流而下，泠泠作响。出门环顾，湿漉漉的山，湿漉漉的天，黑压压的云层拧得出水来，绿阴阴的山林蒸腾出烟雾来，云和雾将天与地连接在了一起，这混沌的世界像是成了桃源仙境，人也似得了几分仙风道骨。天台山，就在这迷蒙烟雨中让我们多了一份诗意的期待。

仙谷访仙踪

“五岳归来不看山，琼台归来不看谷。”冲着这一盛名，又逢着雨雾之日，游天台山的首选景点自是琼台仙谷。雨渐止，车行上山，一会儿便见一清浅的水库，湖旁一峰壁立，上书“琼台仙谷”四个大字，乍看都不觉得风景有异。可到底是仙谷，有着别有洞天之妙。进景区，穿过一个山洞，昏暗中步行三四十米，一出洞便听得哗然作响，一条玲珑飞瀑闪入眼帘，宛若一位含苞欲放的少女，身材纤瘦，体态轻盈，肌肤晶亮，嗓音婉转，惹人怜爱。不过十多步，又钻入了山洞，前行二十多米，出洞口则飘起了雨丝，思量着天气怎么变得这么快。此时，耳朵里塞满了轰鸣声，眼前则挂着一道二十多米宽的瀑布，奔腾而下，直泻四十多米深的水库，水花四起飘成了雨丝。再细细端详，瀑布上有廊桥，行人走过，可亲近一下狂野的瀑布。原来这是天台桐柏抽水蓄能电站，虽是人造景观，却照样气势磅礴，与之前的“少女飞瀑”形成了鲜明的对比，眼前这道大瀑布是位刚强的汉子，身如泰山，目如霜剑，声如洪钟，让人敬畏。

这般的开篇，观其景，让人想起了《桃花源记》：“便舍船，从口入。初极狭，才通人。复行数十步，豁然开朗……”然而，陶渊明笔下的桃花源怎比这琼台仙谷的气势，那样的慑人心魄；听其声，又让人想起了柴可夫斯基的《第一钢琴协奏曲》，那段宏大的引子，乐队号角般的强奏、庄严恢弘的弦乐、钢琴洪亮的和弦，演绎着壮丽宽广的主题，让人惊喜于人生从此别开生面。可音乐家的奇妙乐思又如何比得上这两道瀑布的自然交响，如此的动人心弦。

激越的引子过后，仿佛进入了柔板乐章，眼前的风景开阔了，心情也放松了，顺着平坦的栈道，悠哉游哉，细观深峡平湖，静听鸟鸣啁啾，春天的气息沁入了心田。夹岸高山耸立，青翠一片，偶见紫色小花，簇簇争艳，点缀得山色更富生气了。湖水碧绿，几只鹅缓缓游过，白毛红掌，拨动得水影亦具性灵了。岸边一块山石上，书写着“过灵溪而一濯，疏烦想于心胸”。选自晋代孙绰的《游天台山赋》，不禁颇有同感：如今的灵溪，截成一湖翠黛，倒映两岸青山，愈见让人倾心了，真想一濯而融入这片葱郁清秀的风景。

呆立的山石也被赋予了丰富的意蕴：神鹰戏龟、仙翁采药、神女抱子……举目凝视，在高高的峰顶处展开无尽的想象，即使一时半会领会不了他人的描绘，也会着迷于青山秀峰的神奇。湖中浅滩处，乱石堆积。三块耸立的条石，被人想象成了“济公抢新娘”的场景，来源于杭州飞来峰的传说：济公为救村民而抢新娘，人们追出来的同时，一座山峰压扁了村庄……天台是济公故里，人们喜欢济公，更喜欢济公的传说，难怪这么普通的石头也被讲解成了一个动人的故事，勾连出一丝脉脉的温情。

两岸青山又合拢来，湖还原成了灵溪，游程进入了快板乐章，呈回旋曲式——我们拾级漫步，顺着这条山涧盘旋，倾听时远时近时张时弛的泉瀑声。高声欢歌的是数段瀑布，也是这条灵溪的主题音乐，总会轰隆隆闷雷般地先声夺人，勾起游人的向往之情，然后是路转溪头忽见，震耳欲聋的声响衬起一条白练，惊起一片喝彩。浅吟低唱的是涧底清泉，在横躺竖卧的山石中穿流，湍急处激起一片片白色的水花，若情人间喁喁私语，听不清楚说些什么，却感动于那亲密的瞬间。

灵动的不只是飞瀑流泉，更有那静止不动的奇峰异石。看那涧底顽石，形似水牛，回首张望，屹立溪流中；水中巨石，状如神龟，缩头藏身，静卧雨帘下。更妙的是八仙台——矗立溪流中的一块平坦巨石，台上黑白卵石砌成“太极阴阳图”，四周立有八块石头，神似八仙峰，一一对应高处八座云雾缭绕的山峰。八峰环峙紫阳峰，好似八仙正在为道教南宗创立者紫阳真人张伯端传道。叹为观止的还有先人留下的建筑，旁有“悬空廊”，前有望仙桥，平添了一份古韵。那“悬空廊”，只一侧接于崖壁，不见一根立柱，凌空而架，飞檐屋盖如浮云飘依；望仙桥则是一座石拱桥，如飞虹贯通两侧陡坡，跨越深涧急流，不禁疑为仙人造化，留下了这两处神奇的古迹。伫立在八仙台，止步于望仙桥，四望青山，于轻烟淡雾中冥想八仙会聚，驰骋千年时空，恍惚间自己也飘飞于这片灵动的风景中了。

隆隆的瀑布声远远地传来，似千军呐喊，似万马奔腾，逼近一颗欢跳的心。快步穿过一山洞，龙潭瀑布豁然呈现在眼前，白练倒悬，雨丝飘飞，水花乱舞，氤氲出一股仙气，烘托着银龙下深潭。“百丈素崖裂，四山丹壁开。龙潭中喷射，昼夜生风雷。但见瀑泉落，如潀云汉来……”据说，唐代崔山人善画浙江天台山百丈崖瀑布。李白闻名后，欣然作这首《求崔山人百丈崖瀑布图》，乞崔山人赠画。白居易亦作诗，反以天台飞瀑喻缭绫：“缭绫缭绫何所似？不似罗绡与纨绮；应似天台山上明月前，四十五尺瀑布泉。”诗仙太白以诗索画，无非想把百丈崖瀑布带回家，好时时观赏；诗王乐天咏缭绫，别出心裁以瀑布相喻，可见这天台山的月夜飞瀑一直萦绕在他的脑海里。琼台仙谷汇聚了奇险的山、圣洁的水，如何能忘？我们也是，游仙谷如同经受了一次心灵的洗礼，置身于灵山秀水，荡涤了尘思俗虑，沾满了霭霭仙气，心纯净了，人精神了，前行的脚步轻盈了。

佛寺悟佛理

海坑，赤城山下一水库，库旁建有度假村，布置了水上餐厅。在此用餐，可远眺赤色城堞，玲珑宝塔，近赏绿水荡漾，春色撩人，真是一种惬意的享受。席间，看墙上挂着一幅书法，上书“圆融无碍”四个隶体大字，欣喜脱口道：此为天台宗圆教思想也。

饭毕，遂前往国清寺。来天台前，只知有佛教天台宗，不知有国清寺。其实，国清寺乃天台宗发祥地，也是日本天台宗祖庭。这一千年名刹，与济南灵岩寺、南京栖霞寺、当阳玉泉寺并称我国寺院四绝。20世纪80年代初拍摄的电影《少林寺》，许多场景都摄自国清寺，而非嵩山少林寺。

出城上天台山，才两三里路，便至国清寺。只见古木森森，浓荫蔽空，营造出一片静谧幽邃的氛围；双涧回澜，拱桥静卧，又为此地增添了一份灵秀之气和古朴之意。此桥为纪念唐代高僧丰干而建，故名为丰干桥。桥头一侧立有石碑，上书“一行到此水西流”。据《旧唐书》记载，僧一行为编《大衍历》，遍访名师，曾到此求访达真和尚，恰逢北涧洪水猛涨，萦回西流，故立此碑以志……曾记苏轼《浣溪沙》：“谁道人生无再少？门前流水尚能西。”江水东流不复返，正如逝水年华青春不再回，当年贬谪黄州的东坡居士看到西流的兰溪水，不禁精神大振，高歌“休将白发唱黄鸡”。一行到访国清寺，达真和尚激动地说：“连涧水都为之西流，何愁新历不成？”想来一行也是深受鼓舞，执着前行，研究历法，终成大业。其实，西流水不过是个心理暗示，人最需要的是精神支柱。坎坷的人生旅途上，呼天抢地、嗟老叹衰有什么用？愿自己保有一颗圆融之心，旷达振作的精神状态，即使改变不了生活，至少改变了苦闷的心境，而人活着为的就是一颗心！

过桥，直面一堵黄色照壁，上书“隋代古刹”，中间雕有一幅龙腾祥云的圆形图案。字为已故中国佛教协会会长赵朴初题写，“隋”为“隋”的古字，以体现寺院的古朴，亦笔含禅机。转过照壁，便是东向而开的山门，寺门匾额上题写“国清讲寺”四个金色大字。何谓“讲寺”？朋友说，有如佛学研究院，注重研修讲说佛教义理，故称讲寺。而这讲寺之名也绝不虚传。国清寺与普通寺庙大不同，一是寺院外不见拉客卖香者，寺内也少见香客；二是门票才五元，寺院坚持不提价。想来天台宗的传承者都以普度众生为己任，即使在一个功利的时代，也不忘佛法之本慈悲为怀，因而这国清寺既让人尊崇，又让人亲近，那也是一种佛性的外现吧。

如此庄严而圆融的佛性显现在寺院的一草一木一砖一瓦一柱一廊上，显现在一尊佛像一个故事一个细节上，需要细细地品静静地悟。雨花殿，此名佛寺中难得见到，多么的富有诗意。雨花殿实为天王殿，殿内供奉四大天王，相传天台宗祖师智者大师在此设坛讲述《妙法莲华经》，感动上天神灵，天降花雨，故名“雨花殿”。殿前东西两侧分别为钟鼓楼，还挂有清代铸造的梵钟，钟声若起，余音袅袅，回响于秀峰幽谷之中，向往于平静祥和之心。如今，无缘倾听法师讲经说法，就是那清脆洪亮的钟声亦难听闻，但一眼雨花殿，想象法雨天花，便相信国清寺内佛亦有情——缘在红尘外，佛在自心中。

大雄宝殿左侧，有座小巧玲珑的六角梅亭，亭前黄墙边长有一株苍虬多姿的古梅——“隋梅”。相传为国清寺首任主持章安大师手栽，这也大概是我国现存最老的一棵梅树了。1973 年，寺院重修后，隋梅竟然转青，早春二月，疏枝横空，点点白梅，暗香浮动。传说难究真假，可千百年来隋梅浸淫在佛光和梵音里，许是早已有了灵性。花期已过，只能冥想花开香飘的盛景了。而真正呈现在眼前的，是几只松鼠嬉戏于隋梅的老枝新叶间，沿着枝干蹿上蹿下，一忽儿又溜到了长满青苔的檐墙上，丝毫不惧我们这群陌生的游客。如此灵动的风景引得我们抓拍不停，心生感慨：若你不信“无情有性”，那眼前的景象不正是人与自然的圆融共舞吗？

过梅亭，上台阶，而至中日天台宗祖师显彰碑。重檐挑角下，立有三块石碑，高约丈许，中间是“天台智者大师赞仰颂碑”，两侧分别是“行满座主赠别最澄大师诗赋”“最澄大师天台得法灵迹碑”。三座碑的正面碑文由赵朴初撰写，背面碑文由日本天台宗座主山田惠谛长老撰写。日本天台宗尊奉中国天台宗创始人智者大师及其传人道邃、行满为宗祖，为报祖师之恩提出兴建碑亭，1982年10月落成。三块石碑，记载的是中日佛教思想与文化交流的盛事。“最澄求学，国清修禅。开创比睿，奕叶相传。云仍后学，不忘前缘。禹甸日城，风月同天。两邦缁素，乘大愿船。勒斯贞石，垂示后贤。永持友好，亿万斯年。”读着碑文，穿过历史的烽烟，遥想1200年前日僧最澄大师求法天台山的场景，感动于他对佛的虔诚。那一种美好的信念，铸就佛缘，广结善缘，成就了中日两国一份宝贵的文化遗产。立于碑前，回眸远眺，目光掠过梅亭，掠过苍翠山林，定格在了前山的千年隋塔上，顿时溢出一缕悠远而沧桑的心绪，深许赵朴初题写碑亭的匾额之意：法乳千秋！

碑亭旁，还建有一“经幢”，据说共有两把钥匙，分别藏在国清寺住持大和尚和日本天台宗宗主手中。经幢的正面刻写“南无妙法莲华经（日莲）”，龙飞凤舞，金光闪闪，底座上刻有“知恩报恩”四个字，其余三面写有经文，背面下方注明：佛历二千五百二十九年日莲宗宗务院天台山国清寺合立，并记有面向世界和平，众生安乐，日中友好，万古千秋等字。不禁感慨万分，一段真诚的交流，一份美好的记忆，仅仅过去了二十多年，于今讲起中日友好，又成了一个沉重的话题。然而，当今时代追求和谐共融的目标没有变，大家都在思考着：人与人、国家与国家、文明与文明之间，如何化解冲突和摩擦，实现和谐共处？或许能从天台宗的“圆教”思想里找到满意的答案吧。圆融无碍，于人应如此，于自然应如此，于世界亦如此。

黄河之水天上来

只需一眼，壶口便以一泻千里之势，深深地映入脑海，潜入梦境。

蜿蜒五千四百公里的黄河，最动人心魄的不是清浅而流的源头，也不是浩荡入海的河口，而是位于狭长的秦晋大峡谷中的壶口——那既是一道飞流直下、轰鸣咆哮的瀑布，更是一条深涧腾蛟、浊浪排空的大河。

绵延五千年的中华文明，最富浪漫诗情的应是这一道黄浊的瀑布。那是浪迹天涯之时李白的人生放歌："君不见，黄河之水天上来，奔流到海不复回。"那是民族危亡之际光未然、冼星海的奋起高唱："风在吼，马在叫，黄河在咆哮，黄河在咆哮。"

每一位炎黄子孙，面对它的时候，无不肃然起敬，无不豪气喷薄。

而我，面对壶口瀑布的片刻，也是这般的感觉，诗意和豪情激荡在我的胸膛，回旋在这片壮阔的天地。

与壶口瀑布的第一面不是仰视，而是在盘绕的公路上鸟瞰，两岸是壁立的山，青色的草木中露出缕缕黄土，滚滚的黄河顺着峡谷漫流。忽然发现河床干涸了，水流汇聚到河中央，却看不见那滔滔河水流向何处。且不要失望，千里奔涌而来的黄河水不会转眼间消失得无影无踪。倾听，这里回荡着轰隆隆的声响，如万鼓齐鸣，似旱天惊雷。原来，四五百米宽的洪流，在此地急剧收缩，尽倾河中一石槽。高高在上，俯视而下，如何发现得了这片神奇的美景？

其实，壶口瀑布是特亲近人的。没有高山险岭的阻碍，也没有杂树浓荫的遮挡，只要你有兴致，或者是一种谦卑的心态，漫步河床，溯游而上，就会越来越有一种欣喜若狂的感觉。这是在长长的峡谷之中，由南向北而行，东为山西，西为陕西，中间隔着一条三四十米宽的深槽，逶迤而下，传说它为龙身穿凿，故名

"十里龙槽"。被束缚的水龙咆哮着，冲击着崖壁，隆隆的声响撩拨着我们快步向前。

深槽两侧是宽阔的河床，想来是泥沙淤积而成的黄土层，少见砂石，旧时在此"旱地行船"——顺水下行船只到此停靠，卸货后换用人担、畜驮，再将空船拉出水，上百人拉纤，船儿在铺设的圆形木杠上滚动前进，到下游水流较缓处，入水继续航行。如今交通运输便捷了，再也见不到此等奇观了，欣慰中不禁夹着了一丝淡淡的遗憾，大概觉得少了一种号子声起的粗犷彪悍之风，这正是现代人优渥的生活中所缺少的。

接近壶口，旁逸斜出的河水渐渐漫至老河床，再从侧面注入深槽。我们沿着架在河床上的石桥奔向瀑布，一眼瞥见小桥下水流湍急。但此刻耳边涛声雷动，由不得自己驻足下来慢慢品赏，而是裹在人流中急切地往前冲。桥断路止，便在水流中的一块块石头上蹦来跳去，有惊无险地跨过一个个漩涡，直到前方急流中找不到巨石了，才发现眼前开阔一片：两山夹缝中，黄河转了个弯向我席卷而来，自己则已身处汹涌的河水之中了。这是一种多么奇妙的感觉呢！仿佛自己胸怀天下屹立成沧海横流之英雄，又仿佛顺流奔腾不息缥缈为岁月河中一滴水。

再看右侧不远处，则是壶口的顶端"壶嘴"了，黄河在此猛然收缩，浊水狂泻而入狭窄的深槽，腾起一片白色的水雾，风吹散，迷蒙了我的双眼。转过脸，顺流望去，像是蛟龙腾跃，搅得天旋地转；再听其声，则是山回谷应，震得惊心动魄。此刻蓦地明白了黄河的咆哮之声——"中华民族到了最危险的时候，每个人被迫着发出最后的吼声。"正是这一泻万丈的黄河哺育着中华民族的伟大精神，正是这震天的吼声汇聚成一往无前的强大力量。历史的车轮滚滚向前，黄河——我们的母亲河还在这里咆哮，曾经的吼声还在这里回响……

沉醉其中时，朋友劝我们离壶嘴远一些，方可真正见识壶口瀑布之气势。一句话点拨了我，正如绘画中"远取其势、近取其质"的表现手法，离瀑布太近了，虽则心魂能融入其中，却不见其概貌，难以领略壮观之景象。于是退后数十米，再下探三四米，于陡壁之上细观前方的壶口瀑布。果然气势雄伟——左侧数十米宽的瀑流连接起了前方的"壶嘴"，方显宽阔，黄河水则已高过了头顶，水急涛涌，此处翻落，如天瓢倒泻，正是"黄河之水天上来"之势。这一刻终于觉得人之渺小了，在雄壮的自然面前，只能静默以待——静静地思索，默默地瞻仰——那黄河之水奔流不息亦不复回，那时光之旅倏忽而过亦不重来，何苦高堂明镜悲白发，又何必曲终人散悔当年。此刻无我，不如全身心地融入这质朴而又狂野的大自然，也教会自己静默以待人生路上的风景。

再放眼望去，竟有了一种从容的心态。黄河水翻腾在深槽内，狂飙而进，心随急流搏击在风狂浪恶的大河中，又恍如波澜不惊地漂泊在历史的长河里。这一页终将翻过，却永远地闪亮。

瀑声水影里的黄果树

“天无三日晴，地无三尺平。”是对贵州地理气候的生动概括。但从贵阳前往安顺，阴沉沉的天渐渐地变成了蓝天白云，似是老天对我们的厚爱。大巴车行驶在高速公路上，放眼望去，没有崇山峻岭的遮挡，那一座座山丘馒头似的叠在了高原上，山川秀色一览无遗，如此的行进怎不令人心旷神怡？也不得不感叹大自然的鬼斧神工，这里的喀斯特地形既造就了峰林绝品双乳峰，也造就了飞瀑奇观黄果树瀑布。

同座的小伙家住湖南岳阳，在印尼工作，这次飞回来先独自游赏一下贵州，再回老家。小伙与我一见如故，聊了好长时间，讲他的旅程安排，讲他的异国感受，讲他对山水的喜爱，也提起了自己的感情经历：“贵阳，我很熟，原来的女友就是贵阳人……”

刹那间明白了他对贵州这片山这方水的特殊感情。“黄果树瀑布地处安顺，汉代的夜郎之国——夜郎自大的夜郎。”导游的这般介绍却让我联想起了李白的诗句：我寄愁心与明月，随风直到夜郎西。也许，只有那摄人心魄的山水才会让人忘掉世间的忧与愁。

我来了！面对飞瀑流泉的片刻，心平静了下来——在黄果树，我愿意做一滴晶莹的水，随那生命的激流狂舞。忽略了嘈杂的游客，忽略了浮躁的自己，一颗心沉醉于瀑布的轰鸣，沉醉于滔滔之水天上来的壮美。

珠江水系打邦河的支流白水河，流到了黄果树，河床突然断裂，呈梯级下陷，形成了世界上最大的瀑布群，奇秀的银练坠潭瀑布，险峻的黄果树瀑布，雄阔的陡坡塘瀑布……风格迥异，却同样的震撼人心。

首先惊喜呈现在我们眼前的是银练坠潭瀑布。玲珑秀美的天星桥景区，石、树、水在这里巧妙结合，形成了奇特的水上石林景观。随那蜿蜒的溪流，一路欣赏着幅幅风刀水剑刻就的天然盆景，可比江南园林里的盆景更精致也更朴实。这里的一切都是有灵性的，凌空飞架的石桥连接起悬崖峭壁，干枯镂空的榕树根撑起绿荫一片，纤细的石柱支起了石穹顶……穿梭于一块块突兀巨石间的碧水，溅起了朵朵细碎的浪花，溪流哗啦啦地泛成了白水河。平静了一会儿，路转亭阑，忽闻瀑声轰响，急步向前，只见水流突然下泻，坠入溶潭，四周雨丝飘飞，水汽氤氲。转至正面，抬头，群山环绕，满目青翠，顺着山谷河水漫涌而来。低首，巨石相连，为漏斗形，河水倾流成瀑，似千万条银链下坠，收缩于中心，在方寸大的潭底翻腾着、咆哮着。

此刻，多想变成那晶亮的水汹涌在褐色的巨石上，均匀地刻下网状的波纹；或者变成一缕自由飘舞的银练，将飞身纵跃的身影凝固成永恒的瞬间。面对这一幅银练坠潭的画卷，蓦地明白了人生的另一种姿态：不求宏大，不求高远，不求壮阔，却在生活的方寸间挥洒着自己的激情，谱写着最精彩的生命之歌。那也应是每个人的人生里都可焕发出的光彩。

“遥看瀑布挂前川”，从山上往下走，远远地望见了黄果树瀑布，这才是最恰当的比喻，可比瘦削的庐山瀑布要壮观得多。那真正是一条绵延的宽阔的河，遇到了这块峭壁，悬挂了起来，好似风舞的巨幅绫绡，掩映在了翠绿的山林中。快步下山，不一会儿，黄果树瀑布完完整整地跃入了我们的眼帘，轰隆隆的声响也渐渐地清晰并且喧闹了起来。人头攒动处便是犀牛潭了，说是潭，其实是一个深阔的湖，众人漫步于潭边的长桥，或是摇晃于横跨绿潭的竹木吊桥，从从容容地欣赏黄果树瀑布的全貌，而我的感觉应是瞻仰——那是对自然的崇敬。77.8米高，101米宽！不必拘泥于那些数据，眼前的瀑布竟是如此的气势恢弘：它的两侧是翠绿的青山，顶上是纯净的蓝天白云，身后是绝壁巉岩，底下是碧波深潭，而那瀑布似九龙入海，翻卷起白色的浪花，升腾起迷蒙的水雾……一样的水，陡峭的山势却让一条平静的河流激情澎湃起来，正如险恶的环境却会让人绽放出绚烂的生命之花，那怎不令人生出一份崇敬之情？

而且，面对瀑布，再也不用怀疑水滴石穿的功效。黄果树瀑布属喀斯特地貌中的侵蚀裂典型瀑布，仅仅是最初的一个裂点，经河水长年累月的冲刷和溶蚀，河床塌陷形成了落差。据地质学家考证，黄果树瀑布已经后撤了205米，终于成就了如今的非凡气势。那又如何不让人敬仰呢？试想人生的成功者莫不是凭借着这样一种锲而不舍、持之以恒的精神，铸就了生命的辉煌。

从山的一侧拾级而上，攀登至瀑布的半腰处，闪现了一个幽深的洞穴，这便是水帘洞了，全长134米，有6个洞窗、5个洞厅、3股洞泉和6个通道。穿越湿漉漉的水帘洞，不禁欣喜若狂，喜从何来？还不是那闪现在洞窗口的一股股瀑布，像一团团棉絮沉沉地掉落下来，探身出去，扶着石壁，伸手触摸一下瀑布，顿时感觉了一份沉甸甸的力量。一下子好像回到了童年里的暴雨时分，躲在家里望着屋檐下的雨滴落成行，暗地里渴盼这雨下得大些大些再大些，好见识一下成语“倾盆大雨”所描述的雨势。自然那时快乐的内心不免有些负罪感，而如今可以好好端详一下这滔天的水、倾盆的雨，抚摸一下这水做的帘、雨化的雾，只要还有着那颗童心。

出了水帘洞，一眼瞥见瀑布右前方的山坡上，建着一排民居。不由得想，天天对着这么阔大的瀑布，天天听着如此轰鸣的水声，山民们会不会心烦呢？不会，至少我不会。在这里我不会感到陌生，也不会感到孤独，我多想看看春夏秋冬四季的轮回中，看看日升日落月圆月缺的交替中，这片山水如何优美地呈现，如何粗犷地歌唱。

心满意足了，却不想见到陡坡塘瀑布，还是会激动不已。那可是黄果树瀑布群中瀑顶最宽的瀑布，达105米。逶迤百米的钙化滩坝上，瀑水浩浩荡荡，漫过21米高的陡坡，奔流直下，如同千军万马，席卷而来，扬威于疆场。定格在镜头下，瀑布又像是宽阔河床洒满晶莹雪，固化了千年爱的结晶。更加雄浑的是瀑声，那是永远的黄钟大吕，不论岁月如何流逝，山川如何改变，更不论人间如何沧桑，都在唱响那亘古不变的天地颂歌。每当洪水到来之前，陡坡塘瀑布还因落水洞灌水压迫空气而成“汽笛效应”，都要发出“轰隆轰隆”的吼声，因此又名“吼瀑”。我们没有机会听到这样的吼声，但就是这般的瀑声足以震撼我们的心灵，启迪我们对自然对生命不尽的思索。

当年拍摄《西游记》时，唐僧师徒四人牵马过河的场景便是这陡坡塘瀑布。想来由此瀑布也沾了份仙气，还是仙气传给了电视中的唐僧师徒？此景只应天上有呵！

然而我们不只是羡慕，那一幅幅悬空飞舞的瀑布已经深深地印在了心中，激荡着我们安静的生活。

瑶里行

瑶里，这一不为外人熟悉的地方，成了我们江西之行的终点。

从“云雾的家乡，松石的画廊”——三清山，到“中国最美的乡村”——婺源，一路看够了自然的人文的美景，再到景德镇的瑶里，对风景已不再抱有奢望，有的只是疲惫。偏偏是这个不知名的瑶里给了我们一个惊喜，见识了三清山所没有的古树飞瀑，体验了婺源所没有的纯朴宁静的山村古镇。

是日午后，参观完江南保存最完整的浮梁古县衙，驱车前往瑶里。古镇位于皖、赣两省交界处，距景德镇市区约百里。车上，众人昏昏欲睡，诗人还恋着先前的风景，雅兴正浓，口占一绝，朗声诵读：

昌江南岸瓷故乡，
古邑新美是浮梁。
步步生态心愉悦，
一树金桂千年长。

一首诗驱走了大家的倦意，亦对瑶里隐隐有了份诗意的期待。

瑶里，素有“瓷之源、茶之乡、林之海”的美称。林之海，典型的是汪胡生态游览区，集山、水、岩、林为一体，小巧玲珑，秀丽典雅，为寻幽探奇的绝妙去处。山并不高，却林木茂盛，随处可见两三人才能合围的参天大树，香榧、鹅掌楸、马尾松、南酸枣，随手一指，都是古树名木。让人惊奇的是成片耸立的红豆杉，此树三年脱一次皮，从树皮中可提炼出一种化学物质“紫杉醇”，能够阻止癌细胞的扩散，如此珍贵的红豆杉，却保存得如此完好，实属难得。拾级而上，忽见一棵古树横躺于道，劈开了路旁的一棵大树，导游戏称其为“第三者插足”，而这棵树倒下已有近百年了。林中还有不少古树倒卧山石，无人清理，任其枯败。借景发挥，导游兴致勃勃地讲起了故事。原先这座山是汪胡两姓人家的风水山，但两村人争抢不已，偷砍树木。最终县官断案：这里的树砍倒了便为山下的人家所有，只有保护好这树，汪胡两村人才能拥有这片山林。此后不久，汪姓人族长的儿子砍倒了一棵树，族长为正民风，大义灭亲，杀了儿子。故千百年来，这里的山民从不砍一棵树，由此留下了这片郁郁葱葱的原始森林，共有95科648种木本植物在这座山上茁壮生长。

林木深深，渐闻泉水淙淙，进而轰鸣，山路蜿蜒，飞瀑流泉忽见。此为南山瀑布群，由南山瀑、石花瀑、飞龙瀑、飘锦瀑等四段瀑布组成，绵延数里，落差200余米，一水四瀑，首尾相接，溯流而上，四瀑依次呈现，先缓后急，时隐时现。奇特的是溪旁山石内剜为球洞，圆滑石壁飞溅起朵朵浪花，更显水流湍急。误以为水滴石穿的功效，导游笑而解释，这是冰川纪时期，巨大冰块与山石磨擦，剜出一个个石洞，再经泉水长年冲刷渐渐光滑。更奇的是此泉将山划为两半，一侧为高树古木，一侧为青青翠竹，何以泾渭分明？这下导游也说不出答案了。转出林子，眼前忽而变为小桥流水人家的景致，山远了，地阔了。踩着石板路，跨过数畦菜地，走近那排农家小楼，这便是汪胡村了。宅前桃梨数株，花开烂漫，一池春水，团红的是悠闲的鲤鱼，黑麻麻的是摇动着小尾巴的蝌蚪，春的气息就这样扑面而来。放眼远眺，70米宽的南山瀑布，水光闪现，跃动心灵。伫立着，享受着，恍然到了桃花源。心动一刻，学着诗人，诵诗一首：

半山古树半春竹，
泉鸣十里悬飞瀑。
望断桃源觅何处，
千载瑶里传汪胡。

只不过一条新修的公路穿村而过，偶尔一声汽笛破坏了这片宁静，也把我们拉回了现实。沿公路而下，我们来到了瓷之源——绕南陶瓷主题园区。首先映入眼帘的是一座水碓，溪流冲击着立式大水轮，不停地转动着，转轴拨板吱呀呀地拨动碓杆，杆的一端圆锥形石头一下一下有力地敲打着石臼里的碎石。导游介绍，这是制不（音dun，特指砖状的瓷土块）现场，专门加工瓷石，制作瓷器，三分高岭土，七分瑶里石。瑶里瓷业一直以生产陶瓷原料为主，加工民用日用瓷为辅，其中得尔坝瓷石及其加工而成的釉果是景德镇主要的陶瓷原料，故有“高岭土、瑶里釉”的美称。彰显悠久历史的是一座座龙窑遗址。景德镇的民间瓷窑都是这些龙窑，依着小山坡而建，向上延伸二三十米，火口在下，越往上，温度越高，依次烧制日用瓷器、精美瓷器和砖。瑶里，古名“窑里”，因瓷窑出名而得名，制瓷业可上溯至唐朝中叶。宋、元、明时期达到顶峰，是景德镇古代三大窑区之一。如今瓷窑外迁，留下的则是这些颓废的龙窑，以及一座座碎瓷片堆起的小山，不难想象当年的窑火与繁忙。

夕阳西下时，我们来到了瑶里古镇。群山环抱中，清澈的瑶河穿古镇而过。乘兴坐上了竹筏，闲看两岸幢幢明清古建筑，一律的徽派建筑风格，飞檐翘角，白墙黛瓦，掩映在绿水青山中。诗人心醉了，领着我们唱起了“小小竹排江中游，巍巍青山两岸走”，这里正是当年电影《闪闪的红星》的拍摄地，“潘冬子”走过的竹木桥还架在瑶河上，如今浑厚的歌声依然透出一股豪情。只是现实的古镇让人深深地感受了一份悠然与闲适：水中，鱼儿成群慢慢地游，红的是鲤鱼，灰的是草鱼；岸上，勤快的人水边捣衣声声，悠闲的人躺在古树下小憩，诗意的人架起画板对着美景发呆；就连猫儿狗儿也浸染了这片闲情，异常温顺，唤一声便停在了你的脚旁，蹲身摸一下则就势躺在了石板路上。古镇的古体现在每一个细节，古门洞、古街道、古货台、古窗棂。最生动的要数狮冈胜览的木雕了，这栋建筑外形为西欧风格，内部为徽派传统，室内门窗、房梁上嵌有近百幅木雕，内容取材广泛，财神、花鸟、山水，以及《三国》《水浒》等吉祥典故，雕刻精细，栩栩如生。木雕未施油漆，充分显现了木板纹理的天然美，也更贴切地展示了一份古韵。

比起婺源的古镇来，这里没有喧嚣的人群，没有鳞次栉比的商铺和此起彼伏的吆喝声，这里的进士第住的是普通人家，过的是宁静生活。当一位布满皱纹的老人倚着老屋的门框，张望着山水游客时，你会一下子联想起另一种生活方式和人生姿态：采菊东篱下，悠然见南山。人生苦短，什么才是你最牵挂的呢？曾经的思索，只一眼便迷失在了梦境瑶里。

沧桑胡杨

来到木垒的原始胡杨林，第一面不禁大失所望，灰蒙蒙的一片，杂乱生长着枯树、衰草，叶子已经飘落在地，毫无光泽，呈现一片暗淡的土黄色。这就是传说中的色彩斑斓的胡杨林？

转悠了一圈，离开时请问工作人员：这胡杨怎么不美？看门的小姑娘则乖巧地说：是你们错过了美丽的季节。

一句话点醒梦中人：花开就是一瞬，青春就是一季，恰好遇见正当美丽的景美丽的人，那是人生中的一件幸事。而当花儿凋零青春远去生命不再鲜艳的时候，我们又该以怎样的心态去拥抱这个世界呢？

当你站在这片胡杨林里，细细地品，慢慢地悟，也许就会找到答案。

幸好还有灿烂的阳光。尽管一早出发还是满天的乌云，但在地域宽广的新疆，任那汽车在平坦的公路上奔驰，走着走着，那阴云就一片一片地散掉了，直至最后，晃出了一片湛蓝的天空，淡云微卷，让人心旷神怡。到达胡杨林的时候，遇到的就是这般的天空，纯净的背景上，一棵棵老去的树，予人另一种刻骨铭心的美。

这片原始胡杨林北接中蒙边境的北塔山南麓，于东准噶尔戈壁沙漠中。这儿的胡杨至少有6500万年的历史，历经风雨沧桑，保持着原始而拙朴的风貌。

如果细分一下，这些胡杨大致分为两类，一类是枯枝败叶型的，一类是抱残守缺型的，两者都不是想象中的金黄一片令人惊艳的绝美胡杨林。但请收拾起失望的心绪，轻轻走进这片原始的树林，在这雕塑般静穆肃立的胡杨面前，感悟一种苍老又苍劲的美，一种残缺而不屈的美。

一棵胡杨，驼着背，或是斜着身子，在沙土上顽强生长，在蓝天下傲然屹立，让人感觉了生命的孤独与坚韧。再或是干枝虬劲，形似盘龙，游指远山。那树梢上密密的细枝，带着几枚残存的黄叶，阳光下泛着光亮，于枯冷中透出一丝纤柔。可以想象，这里曾经有水流过，滋润过干渴的胡杨，也流淌成一幅诗意的画面：有水，有沙，有明艳的色彩。而在这一片荒无人烟的戈壁，在这一个秋风瑟瑟的季节，看到的则是一幅冷峻的画面。可千万不要失落，其实对胡杨来说，这才是生命的常态。在这片干涸的地方，它已寂寞地生长了千百万年。而在年复一年的轮回里，它只是在极短的时间内变成金黄色的一片，那就是人们惊艳的风景，尔后又是在风沙与飞雪中寂寞生存。就让胡杨在我们的想象里绚烂吧！恰好遇见的最美，不应成为我们对生活的苛求，平淡的守望中，诗意绽放在我们的想象里。

活千年不死，死千年不倒，倒千年不朽。更酷的画面是一棵棵形态奇异的胡杨“树雕”：有的被掏空了树心，只剩一副干裂的躯壳，或是些残肢断臂，却依然挺立在漫漫黄沙中，甚至长出了几根细枝，倔强地伸向蓝天；有的歪斜着身子正欲倾倒，却还是英勇地僵立在那儿，不让自己倒下，这一站，或许又是千年；有的已然匍匐在地，却有如一条卧龙，树干着地，枝丫斜撑，似在艰难地向前爬行，“龙头”昂起，执着地眺望远方……那是大自然的鬼斧神工，更是生灵的自我雕琢。朔漠横雕，铁骨昂藏，不知道这些胡杨是否还有生命，却让我感觉了生命的庄严——那是在悲壮中领悟了坚忍不拔的精神，于寂灭里感受了磅礴向上的气势。

这就是“沙漠英雄树”，活着不屈，死而不朽。走过荒凉的世界，抑或沧桑的人生，你一定会明白胡杨所诠释的生命的真谛。

莫干山赏雾

那片雾，缩小了眼前的世界，却拉近了与自然的距离。

一进入山，便雾茫茫的一片。第二天早晨醒来，还是雾，填满了山坳，连接了天地。不过，那不同于平原上厚厚实实的雾，将人严严密密地包裹了起来。山中的雾，不会死皮赖脸地缠着你，打湿了你的头发、眉毛和衣服，也绝不会惹你讨厌。它只是躲在密林中，为你装点一片缥缈的仙境，不知林有多深山有多高天有多广，只去享受这片刻的清宁。

来到莫干山，竟莫名地喜欢上了雾。看那高高的树、密密的竹，笼罩在雾中，叶子上凝结了水珠，簌簌地滴落下来，比雨点更随意，急一阵慢一阵，轻抚你的心弦。再看那白纱似的雾，又从林子里轻轻地漫出来，送来丝丝缕缕的仙气，恍惚间随那雾气飘飘然起来。

飘忽中，你便融入了这雾，融入了这林子，融入了这座山，融入了天地自然。

于是也明白，这雾中的山景，不是用眼睛去饱览秀色，而是用身体去触摸这片迷蒙的风景，是用心灵去感受这片山林的神韵。

请听——请用心倾听那自然的声响！

最初，是一声细细的鸟鸣，把你从梦中唤醒，好轻柔，好温馨，如清凉的雨丝倏忽一下钻入了心灵深处，润湿了美好的记忆。

清晨里，坐在青藤下，面对一片雾林，更可静静地听那鸟儿的欢歌：那短促而不连贯的单音“啊”，是鸟儿笨拙的抒情；那圆润清脆的四连音“有——离叽噜”，是鸟儿兴奋的歌唱；那轻幽微鸣的“吱吱切”声，是鸟儿柔情的低诉……

雾中，我看到了一只鸟儿站立枝头，一声声发出“啧”似的单音，每发一声，尾巴就翘一翘，仿佛用尽了气力。虽然它的歌声并不华丽并不婉转，却同样充满热情，在这一个清晨，在这一片山林里，它同样是主角。

人生的迷雾里，能不能做一回这样的主角？在看不清方向的时候照样充满力量，在看不见风景的时候照样充满热情。

剑池，莫干山的历史源头，因为干将莫邪，因为雌雄双剑。今天的风景却掩映在绿树间，隐约在迷雾中。剑池的水也有些混浊，让兴冲冲赶来观赏飞瀑青潭的游客失望不已。

据东汉赵晔编撰的《吴越春秋》记载，吴王阖闾命干将、莫邪夫妇在三个月内铸成两把宝剑。可是，铁水在炉中沸腾，就是不凝聚。莫邪问计，干将道：“师知炼身以成物，吾何难哉？”莫邪听后断发剪爪，投身炉中，金铁乃濡，遂成雌雄双剑，雄名干将，雌名莫邪。铸剑的地方就在山中，故名莫干山。

莫邪为什么愿意跳进炉水中，她的勇气何处而来？总是感觉这样的故事太惨烈了，也总是对雌雄双剑带着太多的疑惑，这对宝剑究竟能改变什么，莫邪血肉之躯的奉献是否值得？

也不知道干将的内心又是如何想的呢？是为铸剑成功而欣喜？还是为失去钟爱的女人而悔恨？这多像现代社会中的男子，在事业与爱情之间究竟选择什么呢？而选择了任何一样，或许都会带上一丝后悔。所以，祈望两全其美！但往往鱼与熊掌不可兼得。

然而，在干将莫邪的雕像前，我忽然明白了，莫邪的纵身一跳如同迷雾中的奋起一跃，她不知道这一跳成不成功、值不值得，也不知道雌雄双剑会改变什么——家与国？所有的这一切对莫邪来说毫无意义。她的纵身一跳为的是自己的信仰——这信仰可以是家也可以是国，甚至形象地化为身旁的干将——信仰本就不是功利的考量。她知道为了自己的所爱，为了自己的梦想，必须全身心地投入，直至牺牲自己的一切。

这哪里是现代人所能理解的呢？如果算计着最终的胜利与得到而考虑付出的时候，那绝不是为了信仰，至多算是为了一个目标。

然而，目标不一定能够带你穿越人生的迷雾，信仰却能带你飞升至明净的天堂，至少会让你拥有一份纯净的快乐，如同雾中歌唱的鸟儿，永不疲倦。

寻找红草

最是那水边一簇红草，深深地打动了我，在我对准它们娇柔的身姿，拍下一幅幅有着油画般质感的照片时，猛然发现红草才是这公园里的主角。虽然早已失去往昔的繁盛，成了公园里的点缀，但还是在西风中透出一股蓬勃的美——那是在晚秋密布的阴云下摇曳着火一般的热情，那是在枯萎低垂的残荷旁扬起了洁白的笑脸，那是在万物凋零的季节里随风吟唱生命的颂歌。

游天长的红草湖湿地公园，自是冲着红草而来。什么是红草呢？而且是一个五六千亩的湖，那样的风景能不撩拨着你的心弦？但真要寻找红草的你又一定会难掩失望之情。

从南园大门口入，不见标致性的红草，看到的却是十几株高挑的龙柏稀疏而立，多被修剪成迎客松的模样，树旁蹲着几块突兀的石头，勾勒出一幅典雅的风景。只是那份精致中也露出了一丝矫情，生命的自我张力在哪？这个世界，许多的风景在被我们改造得十分雅致的时候，往往又失去了一分充满野性的生机与活力。

再看，宽阔的河面上卧着了一座龙桥，龙头为二层楼台，龙尾是湖对岸的小小凉亭，中间蜿蜒的是近百米长的廊桥。这也是湿地公园精心打造的一处风景，但几十米开外，耸立的是十几幢高楼，站在这座龙桥上如何能悠悠怀古？于我，怀想的是红草，冠之以红草湖之名，为何宽阔的湖面上不见红草？

天长的朋友指引说，前面不远处可见红草。而我早已等不及，独自爬上三层瞭望台，四下张望，却未见一处茂密的红色的风景，心生沮丧：这里也不过是一处平常的公园，就是面积大些罢了。可红草，在天长人的诉说里，那应是真切的尚未远去的风景。

下得瞭望台，天长的朋友耐心地等着掉队的我，手里则捧着单反相机拍这拍那。朋友说，红草原是天长最常见的植物，这湖里长得密密麻麻的一大片，人家用来织帘子，盖房子用作屋顶。莫不是芦苇？听着朋友的介绍，我猜想起来，家乡的芦苇就是派这样的用场，三四十年前乡下盖房时，泥水匠砌墙，另一拨人围坐在旁边的地里编扎一片大大的芦笆，等房子上了梁，钉了椽子，就盖上这个芦笆顶，上面再覆上小瓦。

行走在曲曲弯弯的栈道上，朋友忽然指着水边一簇细草对我说，这就是红草。我心里蓦然一动：那不就是红色的芦苇嘛？但比芦苇要细，且柔，童年里家乡也见过这红草，只是很少，也不比芦苇管用，所以是被忽略了的风景。细看眼前的红草，不是鲜艳夺目的红，而是暗淡低调的红，不会惹人注目。而在镜头下，那一簇密密的红草渲染成一幅印象派的油画作品，丝丝点点乱作一团红色的意象——就是那白色的花穗，也像是沾染了红色，从那温柔而不张扬的红色里定会感觉了一股旺盛的生命力。那不像水中的荷花，深秋里展现的是一片凋败的景象，红草却在秋天里热烈地舞蹈。虽只是一小簇，却已映红了我的心，联想起原先大片大片的红草湖，秋霜染红草，火似湖上烧，那般的风景何其波澜壮阔呢！要是欧阳修也看见了这一片红草湖，就不会感慨那肃杀的秋天了，更不恨秋声了——那风中劲舞的沙沙声，不是一首生命成熟的欢歌？

我问天长的朋友，那红草是不是芦苇？他说不是，但又说不清红草是什么。马上手机百度一下，红草："生长在水边，像马蓼但略大些，它的茎粗如拇指，有毛，顺大如商陆叶，花色浅红，成穗，深秋子成熟，形状扁如酸枣仁稍微小些，产色赤黑而子仁白，微有辛味，熟后可食。"一看即断定，此红草非天长之红草。

后来，在天长作家钱玉亮《红草湖的秋天》（1987 年发表于《上海文学》）里，找到了一段关于红草的描述：

似竹似苇，又非竹非苇；空心，有节，细如麦秆而质地坚硬，高六七尺，盘根错节，且蔓延滋生，奇异的是到了秋天，草秆竟闪起光洁的褐红色。叶也褐红，远远望去，疑是世界着了火，十分的好看。

不过这段解释也是模糊不清。当然，钱玉亮的小说着墨更多的是天长西门外的女人，就像那红草，平凡、柔弱，却又火红、热烈，充满了野性的活力和人性的温暖。其实，钱玉亮也一直在寻找关于红草的准确答案，五年前，通过对植物学家的请教，对资料的进一步查证，得出了答案，红草的真正学名应为“荻”：多年生草本植物，生在水边，叶子长形，秋天开紫花，茎可以编席、草帘。

红草就是荻，是江州司马白居易印象中的“枫叶荻花秋瑟瑟”？对这样的答案，我依旧将信将疑，但内心已经喜欢上了红草，以及天长人记忆里收割红草的西门女人。而天长的作家钱玉亮，面对一株株在秋风中瑟瑟摇曳的红草，有一天彻悟：“这么多年来，我要找的不仅仅是单体的红草，我所眷恋所渴望要找到的，是那茫茫苍苍、一望无际的红草湖。”

那红草真是平凡至极，有名，亦无名，但深深地印在天长人的记忆里，它陪伴并滋养了一代人，也让天长人由此滋生了丰富的情感。就像我们对家乡的芦苇，不！一定是更浓更深的一种情感。当红草渐渐消失，直至成为这公园里的点缀时，天长人的心里一定留下一种浪漫而伤感、温馨又凄美的思念。现代化的进程里，我们在得到更多并变得富有的同时，也失去了许多平常却宝贵的东西，甚至是一种朴素却真挚的深情，也惹得我们一直在寻找……

天长的朋友介绍，这红草湖湿地公园分为南园、中园、北园，尚未完全建好，建设中的中园将是一大片原生态的红草。不知道那能否恢复了原先红草湖的丁点模样，更能否了却如钱玉亮那般天长人的心愿。

而我们这群路人，只有怀想的份了。那红草湖，不管你见或不见，念或不念，毕竟曾火红了一个苍凉的秋天，那是天长的风景，也是永远的沧桑。

绿野心踪

去崇明岛吧！周日提议自驾游，未见妻儿欢呼雀跃之景。近期事儿多，安排好的旅游计划一再泡汤，也冲淡了一颗游乐的心，本来抱有热望的儿子无所谓地回答着，不说好与不好只说随便。或者出于一种喜新厌旧的心理，身边的风景总是让人忽略的。就像儿子喜欢游山，许是看厌了一马平川的风景，若是大山深处的客人来到这平原，也应是一番享受吧。何况这长江口的中国第三大岛，拥有江的雄阔海的苍茫。而我，内心更想看一看那岛上满眼的绿。

绿，随处可见的绿，有啥稀罕的。可是我们生活中见到的绿太多的是精心设计的绿，公路两旁的绿树、小区里的草坪，农田里的庄稼……那些绿，或是为了装点，或是为了收成，都得小心侍候。大概这种绿化太功利了吧，也就容易遭到破坏，当你看到小区绿地变菜园、农田处处起狼烟的景象，也就大倒胃口，哀叹起那满目疮痍的绿来。所以，只有天地空旷处那一片原始的狂野的绿，才会真正打动人心。“离离原上草，一岁一枯荣。”即使是深秋枯黄的时候，也让人感觉了柔软处蕴藏的旺盛的生命力，一定会相信春风吹又绿。

于是决定去东滩湿地公园，好好体会一下湿地的绿意。车子穿行于绿岛，公路两旁是密密的树，虽知是刻意为之人工造绿，却也不得不赞叹——这不是绿树在装点着现代的公路，而是俗世的梦装点了宁静的绿野。心儿荡漾在绿色的海洋，不知不觉下了高速公路，不知不觉又走到了公路的尽头——沉醉不知去路。于是，嬉笑声中掉转车头专心找路，摸索着来到了这绿岛的最东端，这儿有着一块滩涂湿地，有着一片原始的芦苇荡。

妻子来过，那时还没有建成湿地公园，只是一大片高过头的芦苇，充满了野趣。如今的公园精致了许多，河塘处处荷花竞相开放，粉的红的白的花儿亭亭玉立，或优雅或热烈或纯净；砂石小径两旁，点点菊花缕缕香，忽现凉亭水榭，闲坐小憩，喜见葵花烂漫，骄阳下簇簇争艳。然而，这里的主角是芦苇，放眼望去，是无边的茂密的芦苇，颇有点蒹葭苍苍的意境。妻子却不满意眼前的风景，叹这芦苇没有原先那么的高那么的粗那么的健壮有力。是呵，如今的人生活得太精致了，连带着周边的环境包括那些花花草草宠物狗宠物猫都变得那么的精致，其实离粗犷的自然越来越远了，离质朴的茁壮的生命越来越远了。就像邓丽君唱的这首歌："绿草苍苍，白雾茫茫，有位佳人，在水一方……"不知为何将芦苇唱成了绿草，古朴飘逸的诗经秦风变成了情意绵绵的都市情歌，太精致太婉约太柔软。

芦苇，可要比绿草粗犷、坚韧多了。风雨中紧紧地挨在一起，不停地摇摆起伏，但从不会倒下，雨过天晴，芦苇一定依旧挺立在青青河边，依旧快乐地随风歌唱，也一定会迎来芦花翻飞的浪漫季节。因为这一份不屈不挠的品质，芦苇也成了沙地先民开垦荒滩的忠实伙伴。最初促淤成滩，靠的是芦苇，顽强地生长在盐碱地上，聚沙成洲。而在沙地先民的日常生活中，芦苇更是不离左右，住的是芦笆顶芦笆墙芦芭门搭成的茅草屋，甚至是芦头圈成的环龙舍，晒东西用的是芦头压成的帘子、芦席，打扫卫生用的是芦苇编织成的畚箕扫帚，穿的则有温暖一冬的芦花靴。自然那时候的沙地，芦苇是最常见最茂盛的植物，只要有水，就能发现它纤细的身影、摇曳的风姿。二十多年前江中小岛围垦的一段日子，我每天踩着泥泞的道路穿行于芦苇荡中，那方圆十里都是高高的芦苇，芦花白芦花美，随风摇出一片柔情，更有成群的鸟儿栖息歌唱，几小时的辛苦路程，倒是一番亲近自然的享受。如今那样蔚为壮观的成片芦苇怕已找不到了，沙地沟河边的芦苇则稀稀落落，不成风景，甚至连端午节裹粽子采些芦叶都有点困难了。而在崇明的东滩，竟还有这样一大片芦苇，虽感纤弱却已难得，毕竟奉献了一望无垠的绿浪。

弯弯曲曲的路，曲曲弯弯的河，穿行于芦苇丛，妻儿早已分辨不出方向。我却好像来到了一个熟悉的地方，带着他们游赏于观海楼、芳草地、雀鸣渡、苇车栈……那一幢幢别具风格的临水木楼，掩映在绿色的苇海中，成了绝佳的心灵栖息之所，让人行走于芦苇的迷宫，一直看得见希望，到了那里，歇下身子，吹着凉风，又能静下心来品赏水波荡漾苇叶轻拂的美景。心儿滋润够了，鼓起劲再出发。试想人生旅途正不需要这般滋养心灵的地方。小小观鹭台，不过七八米高，却将整片芦苇荡尽收眼底：绿苇、碧水、蓝天、白云。登高远眺，想象自己变成了一只鹭鸟，自由地飞翔在这片广阔的充满野性的地方，顿时有了遗世独立、飘然出尘之感——

遥想迢迢江之源，唐古拉山上的千年冰川化成脉脉清水，出千峡，纳百川，万里长江，浩浩荡荡，奔流入海；似碎片，如细沙，唐诗宋词，吴侬软语，辉映着岁月的光华，沉淀在了江与海交接的地方。竟是那片芦苇，将古老的文明演化成新生的沃土。

探寻漫漫心之路，江风海潮荒寂沙洲磨砺着沙地人的心性，那一声粗犷的渔号，那一声绵软的山歌，唱醒了这片沉睡的土地；那一个沧海桑田的神奇，那一句寂寂星夜的叹息，包含了多少梦想与现实的碰撞？又是那片芦苇，将现代人的心魂勾回质朴的年代，书写着最初的那片纯情。

江海汤汤，芦苇莽莽，这一片苍凉而雄浑的绿，是原野宁静的底色，又是生命勃发的本色，蛰伏在了一代代沙地人的心底，染一抹永远的印痕。

心中的拉萨

从重庆到拉萨的飞机，一路颠簸，有乘客颇感不适，我却昏睡，快到目的地时，忽然一下醒了。举目舷窗外，天朗气清，湛蓝一片，惊疑那强劲的气流从何而来。俯瞰，底下铺排的竟是一大片绵密的白云，如同凝固了的巨浪，烘托着飞机向那太阳一路西行，甚至还会看见白云上映下灰色的机影。远处，有两座山峰，高高地耸立于云层之上，让人浮想起域外神山，或是海中仙岛，也诱惑着你，想象自己变成了一只疲倦的飞鸟，栖息在那山巅逍遥一生，远离了渺渺尘世。渐渐地，白色的云层稀松了些，一座座山岭裸露在你的眼皮底下，亮眼的是一层薄薄的雪被，将光秃秃的山顶包裹了起来。阳光照不进的褐色山谷又会引着你向下探望，恍若欲望的深渊，恐怖的诱人。

飞机只是在三四千米的空中航行，像是擦着那山尖在飞，惹得我很是担心。继而又会慨叹那连绵不绝的高山，真是藏路难，难于上青天！不一会儿，高山稍稍地让开了一下，晃出了高原上的河谷地带，清晰地看见了一条公路，短短的一段，玲珑的汽车倏地一下又钻进山里去了。耳畔回响起了《天路》的歌声，不由得慨叹起那一条条神奇的天路。

这就是世界屋脊青藏高原，不如想象中的那么空旷，却以险峻的面目赢得了我们的一分敬畏。当然，这份敬畏之心在落地之后不久因那高原反应又陡然增了几分。

飞机降落在拉萨贡嘎机场，精神抖擞的我一点也不在乎高原反应，只觉得神清气爽。朋友说，那是你血液中的氧分还浓着呢，等过了个把小时消耗完了就起反应了。果然，乘车到达拉萨，夜幕降临，因上楼梯走得有些急，突然感觉了一阵头晕。落座用餐，朋友温馨提示：第一，今晚不用酒；第二，每人一份红景天，好好服用；第三，备好氧气瓶。我不以为然，殊不料同行的雪姑娘在晚餐桌上已经严重反应了，吃不下饭，又到洗手间呕吐了几回，然后坐在一旁的沙发上安静地吸氧。

是夜，感觉有些头痛。尤其是到了凌晨三点多，倍感剧烈，翻来覆去睡不着，索性起身，盘腿坐下，调整气息。望望窗外，黑夜里的拉萨，亮着几盏冷寂的灯火，恍若一座孤城。微闭眼，观呼吸，感觉自己像是坐在了高高的山巅上，融入荒凉的夜色，或与饿狼对峙。

心中还是惦念隔壁的雪姑娘，这么强烈的高原反应不知今夜如何度过，却也是爱莫能助。早晨醒来，听她细细讲述昨夜的经历："吸了两罐氧，吐了七八回，换氧气瓶的时候，服务员敲门，实在没力气开门，只能气若游丝般地回答，自己开门吧。等服务员进来一看，担心地问，要不要送医院？"

另两位同行者，也在忍受头痛，睡不着，而且在西藏的两三天，我们这头痛的症状就没有消除过。其实，头痛是高原反应最常见的症状，古人还将高原上引起人剧烈头痛的两座山（今喀喇昆仑山口），称为大头痛山和小头痛山。好在雪姑娘症状好转，也不觉得头痛，大概晚上睡着了，休息得好。我说她是柔弱的英雄，经历了"大风大浪"，那点头痛就不在乎了。

更不在乎头痛的应是坚守在西藏的建设者，一群启东老乡，也是我们要采访的人。面对一天之内飞到高原上的我们，他们首先是鼓励：不要被高原反应所吓倒，习惯了就好；继而又安慰：总会有点反应的，我们来了这么长时间了，也会头晕，自己注意一下就是了。对于这群建筑工人来说，高原反应则是忽略不计的。一位项目经理被派到了海拔 4800 米的那曲去建设暖心工程，惹得我们惊叹不已，仿佛那会要了命似的。他却笑着说，总要有人去干的，坚持一下就行。他一坚持，便在高原上待了四年。老总沈焱也是这样的人，他的口头禅是"没问题"，工作中遇到什么困难他本能的回答是"没问题"，也总会找到办法克服困难解决问题完成任务，因而短短数年内公司的事业急剧扩张，那一点点高原反应对他来说自然是没问题了。在高原上，为抢工期，他曾指挥工人 24 小时施工，最苦的时候，早晨 5 点回家睡觉，7 点就又起床赶到工地上去了。沈总与我年龄相仿，他对西藏生出了感情，暖心工程做好了，又接手了智能温室，开发了节能建筑，在这片高原上他没有离开的时间表。支撑他奋战在高原的信念是什么？是钱？我断定肯定不是钱！赚钱的地方多的是，为何偏要来这荒凉的高原，而且他早已不缺钱。生活的烟火中，许多人总是想当然地夸大了钱的功能，但到了高原上，他们就会明白其实生命中的必需很少很少。且听他说：来这里不是旅游，一天两天就熬过去了，工作在这里则要三年五年，甚至更长时间，那要有一份毅力和责任心。

似乎能缓解一下头痛症状的便是酒——青稞酒。第二天夜晚，喝了些甜甜的青稞酒，饮料一般，如家乡的米酒绵软上口。喝了之后，也说不清楚到底是症状减轻了，还是感觉迟钝了，反正头痛能让人忍受了。高原反应可是要禁酒的啊！而此时，盛情难却也罢，饮酒止渴也罢，喝，没问题！

也是在那晚，喝到了罐装的青稞酒，藏缘品牌，酿酒的也是位老乡。于是第三天，我们到了他的厂里。沿着林拉公路，从拉萨往东三四十公里，就到了达孜工业园。当年入驻园区的第一家企业就是藏缘青稞酒业有限公司，如今已是年产10万吨传统青稞酒的生产基地。短短不过40分钟的车程，在老总管新飞的创业路上却走过了最为艰辛的10年。20年前，管新飞怀揣着5000元钱只身一人来到了西藏。他像是逃到了高原上，因为创业的失败，卖掉了一家人居住的房子，咬咬牙还清了债务。他又像是背水一战，辞别妻子和尚在襁褓中的儿子，来到这里开始了二次创业，数年滚爬后，选定了酿酒业。藏民们自己酿制的青稞酒，不仅耗时耗力，而且保质期只有3天。藏缘青稞酒发展壮大的奥秘就是突破了保质期，经过科研攻关，将保质期延长到了半年，从而实现了青稞酒的工业化生产。我在意的是酒的口味，那不如昨晚喝的藏民自酿的青稞酒那么甜，却不会感觉腻口，更让人亲近，不喝酒的人也会喜欢上。就像管总的为人一样，没有一点架子，也不故作深沉状，会让人一见如故，又可以慢慢地品悟他经历的人生风浪。我说那是我喝过的最好的酒，却不知不觉醉了。

酒醉的夜晚，还是会醒来，头痛依旧，我也依旧打坐调息，抑或参禅一般，暗夜里冥想高原空寂，人生寥寥，一念清净，浊气散去，仿佛淋浴在了布达拉的佛光里。

眼前忽闪过藏民虔诚礼佛的镜头：布达拉宫的四周，熙熙攘攘的人群里，有和蔼老者健步绕圈转经，亦有忠实信徒匍匐在地“磕长头”。布达拉宫，我们眼中的风景，他们心中的神圣，在用步履和身体丈量圣地时，他们的脸是安详的，心是沉静的。在高高的布达拉，人生的意义被他们重新诠释，来自俗世的你会否明白？当人拥有太多的时候，总会在欲望与欲望间摇摆，灵魂要么无所依托，要么枕靠的是空洞的物质。或许，只有当人们的生活至简时，才会坚定自己的信仰。正如一首歌中唱道：“高高的布达拉，你容纳了人间千言万语的倾诉，你拧干了心灵反反复复的欲望……”

布达拉，是普陀罗的音译，也是佛教徒心中的普陀第二。沉寂的拉萨之夜，想起大慈大悲的观世音菩萨，心已不再荒凉。

拉萨的夜晚
寂静如一座孤城
听不见尘世的嘈杂
车声
人声
喧哗声

缺氧的高原上
人变得简单起来
简单生活，简单爱
简单又虔诚地信仰
牦牛一般地接近神灵
感觉渺小如一粒尘埃
就把自己托付给神吧

空气稀薄的梦境
你，留恋着过往的生活
或是心向着佛
像是做一次人生的抉择
要么逃遁，要么皈依
不管挣扎在欲望之河的众生
那是被抹去了的前世

拉萨的夜晚
看得见自己的呼吸
沐浴在布达拉的佛光里
静坐
参禅
顿悟